きみのためにはだれも泣かない
梨屋アリエ
ポプラ社

きみのためには
だれも泣かない

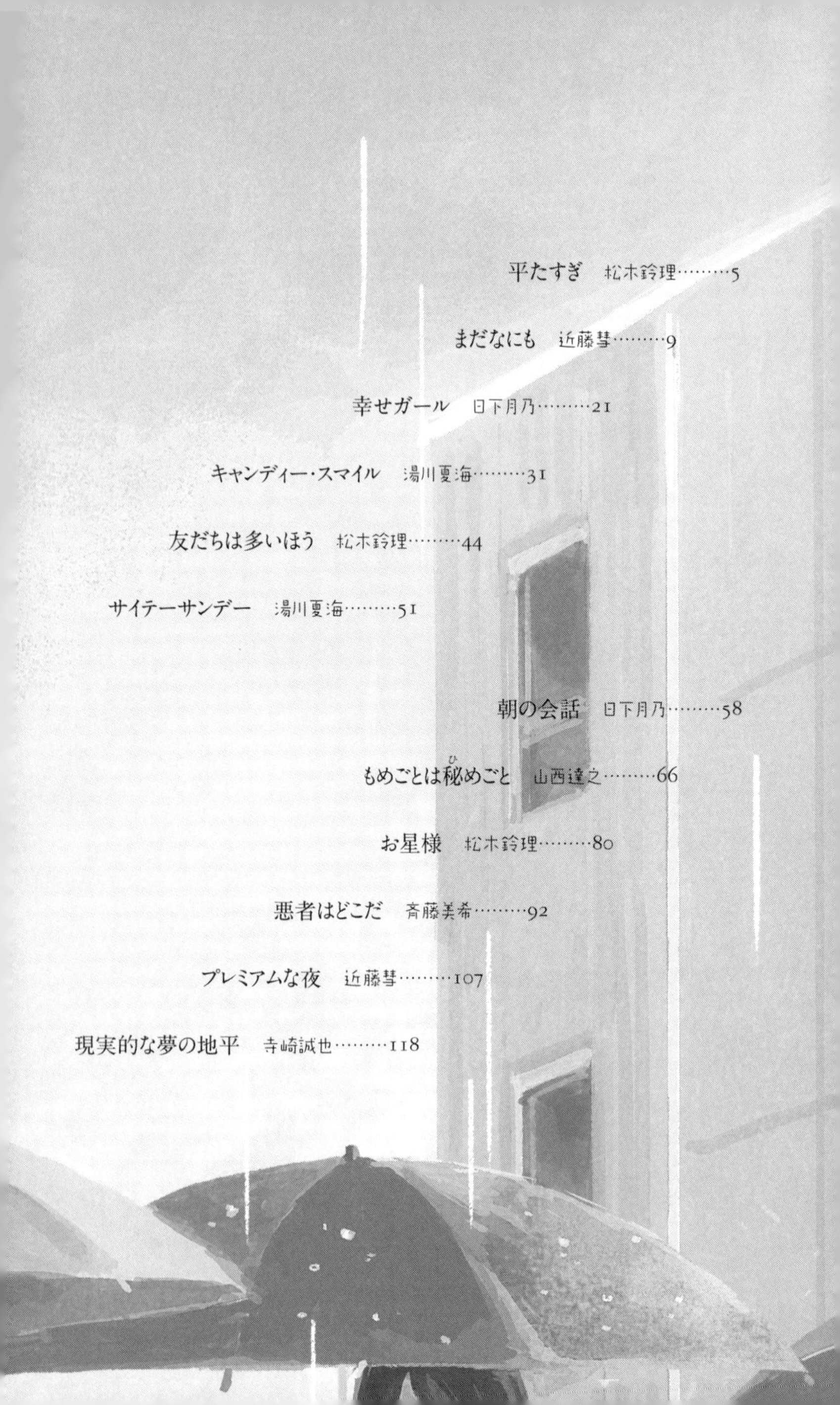

平たすぎ　松木鈴理………5

まだなにも　近藤彗………9

幸せガール　日下月乃………21

キャンディー・スマイル　湯川夏海………31

友だちは多いほう　松木鈴理………44

サイテーサンデー　湯川夏海………51

朝の会話　日下月乃………58

もめごとは秘《ひ》めごと　山西達之………66

お星様　松木鈴理………80

悪者はどこだ　斉藤美希………92

プレミアムな夜　近藤彗………107

現実的な夢の地平　寺崎誠也………118

きみのためにはだれも泣かない　もくじ

こぼれたしずく　日下月乃………133

夢オチ　近藤彗………143

弁当は家庭の小窓《こまど》　寺崎誠也………153

家出デビュー　松木鈴理………163

鑑賞《かんしょう》用彼氏《かれし》　山西達之………178

友だちの親友　湯川夏海………190

タオルを投げる　斉藤美希………202

美しき単純明快　近藤彗………218

唯一無二《ゆいいつむに》　日下月乃………232

わたしの天使様　松木鈴理………247

あとがき………266

装画…ゆうこ

ブックデザイン…矢野のり子＋島津デザイン事務所

平たすぎ

松木鈴理

坂のある街に住みたかった。

学校のある場所はふつうのどこにでもありそうな住宅街の中なんだけど、街の中の階段《かいだん》をだーっと駆《か》け上《あ》がっていくと、とつぜん視界《しかい》が開ける。

目に飛《と》び込《こ》んでくるのは、穏《おだ》やかな海の波のキラキラ。

海風に髪《かみ》やスカートをパタパタさせて、

「こんなドイナカなんてイヤー！」

「楽しいところに行きたーい」

と学校の仲間たちと文句を言いながら授業をさぼって、波が歌うように打ち寄せてくる砂浜《すなはま》をぶらぶら歩いて、きれいな貝殻《かいがら》を拾ったり、角がつるつるに丸くなったガラスのかけらを拾ったりする。

そんなあるとき、階段《かいだん》を駆《か》け上《あ》がると、キラキラの海に浮《う》かぶ一艘《そう》の無人のボートを見つけるのだ。仲間たちといつもの浜に下りていくと、波打ち際で若《わか》い男女が倒《たお》れているのを発見する。

そんな場面がドラマやアニメなんかだと、出てきそうな気がする。

もちろん、海のそばじゃなくてもいい。

とにかく坂のある街に住みたかった。

学校のある場所はふつうのどこにでもありそうな街の中なんだけど、近くには急な長い下り坂がある。そこを自転車でノンブレーキで下って、危険な運試しをする遊びが流行《はや》っている。

ある日、いつも途中《とちゅう》でブレーキをかけてしまう子が決心をする。大好きなあの人が転校するらしいと友人たちが話しているのを聞いて、もしも今日の運試しで一度もブレーキをかけず、友人たちに勝つことができたら、好きな人に告白をしようって。そう、そこで仲間たちの生死を分ける大事件が起きるのだ。

ドラマやアニメなんかだと、そんな場面が出てきそうな気がする。

やっぱり、坂のある街に住みたかった。上り下りは面倒《めんどう》だけど、平らなだけのところよりは何かが起こりそうだもの。

わたしの住むところは、まるで神様だか宇宙人だかがわざと平均的な街を作って平均的な人たちを住まわせて平均的な人生を送らせてみようって考えたみたいに、平らにできていた。木造住宅の高さも道路に面した土地の広さもだいたい同じ。街路樹や外灯の間隔《かんかく》も、住民の年齢《ねんれい》も家族構成もだいたい同じ。スーパーの魚の特売日にはどの家からもだいたい同じ匂いが漂《ただよ》ってくるし、近所の百円ショップで買ったなにかが窓辺《まどべ》とか小さい庭の隅《すみ》とかに置いてある。

そんなところで生まれ育ったわたしの人生は、やはり平たすぎるのだ。

家から徒歩十分の何の変哲《へんてつ》もない公立小学校を卒業したわたしは、家から徒歩十分三十秒の何の変哲もない公立中学校に予定通りに入学して、しみじみと思う。

坂のある街に住みたかった、と。
ううん、なんか違《ちが》うな。わたしに必要なのは本物の坂や階段《かいだん》じゃない。
たぶん、青春が少し足りないんだと思う。

まだなにも

近藤彗

「もう少し落ち着け！」

その言葉は、昔からおれがおかんからよく言われてきたことだ。

「元気があっていいわねえ」

こっちの言葉はよその大人からよく言われた。だが、よその大人がうちのおかんの前でそれを言うときは、本当に褒《ほ》めているわけじゃなくて「このクソガキうるせえぞ」という意味らしい。

わけわからん。うるさいならうるさいと言えばいいじゃないか。うるさいと言われ

たところでおれがちゃんと静かにできたかどうかわからんが、元気があっていいと言われりゃ褒《ほ》められたと思ってしまいますます元気を出したくなるではないか。おかんの話では、大人になるということは、言外のそういうことがわかることなのだそうだ。

高校に入って初めての夏休みの直前、おれは事故《じこ》に巻き込《こ》まれて足を骨折《こっせつ》した。夏休みの前半は入院を余儀《よぎ》なくされた。後半はトホホな松葉づえ生活。しかし不自由だからと言って家に引きこもっていても暑いだけだ。おかんはすぐ部屋の冷房《れいぼう》を消してしまう。しかもリモコンを冷蔵庫に隠《かく》すような鬼母《おにはは》だ。

学校の夏期講習のない日曜日、松葉づえで繁華街《はんかがい》の店をうろうろするのは目立ちすぎるし、油断をすると何かにぶつかったりぶつけたりでちょっと邪魔《じゃま》だ。しかたなく、涼《すず》しさを求めて近所の科学館に行くことにする。

そこの「工作の会」にはガキの頃《ころ》から所属していて、顔なじみだ。夏休みの小学生のために、定年退職でひまになった人たちが宿題レスキューボランティアなんてのをやっている。そこに混《ま》ぜてもらった。

実際には、夏休みの宿題を助けてもらおうという勉強熱心な小学生はほとんどいない。家で親が毎日面倒《めんどう》をみるのに疲《つか》れてしまったからどこかへ行って発散してきてくれ、という感じの元気のありあまる小さなお子様や低学年児童が、部屋の散らかしや備品の破壊《はかい》活動にいらっしゃる。

ベテランのボランティアはそれをぼんやり見ているだけだが、おれはたまらず言ってしまう。

「静かに」「走り回らない！」「ここは工作や宿題をしたい人が来るところです」「鉛《えん》筆《ぴつ》を持ってふざけるな」「うるさい！」「怪《け》我《が》をするからやめろ」「カッターの刃《は》をしまえったら」「おい待て、テーブルを削《けず》ってるぞ！」「こらーっ、勝手に電ノコや万力《まんりき》で遊ぶなっ！　危《あぶ》ねえだろうが！」「いったい親はどういうしつけを……」

そんな状態だから、なついてきた子にまで怖《こわ》がられてしまった。保護者からのアンケートには「厳《きび》しい」「きつい人がいる」「もっと丁寧《ていねい》な言葉でお願いします」と書かれてしまった。

「元気があっていいねえ」などとのんきなことを言っている間に、子どもたちが怪我をしたり、他の子どもに怪我させてしまったりしたらどうするんだ。そうなったらそうなったで、ボランティアや科学館に責任《せきにん》をなすりつけるではないか。

くそ。ガキの相手は割《わり》に合わない。こっちだってボランティアなんだぞ。本当だったらかわいい女の子と知り合ったり、彼女《かのじょ》の一人や二人とデートをしたりしている時間を、おれはここにあてててやっているのだぞ。

会のおじいさんたちは「アンケートのことは気にするな」と言った。昔のおれなら真に受けて、気にしないことにしただろう。でもおれだって、少しは大人になったのだ。おかん語にしたら「今日は見逃《みのが》してやる。次はしっかりやれ」ってところだろうな。

会の開催《かいさい》時間が終わり、会場に一人残って、ちゃちゃちゃっと片手《かたて》でモップをかける。松葉づえが邪魔《じゃま》だけど、ここのモップかけは慣れている。工作室掃除《そうじ》は昔からやっていた。地域の人と「工作の会」を立ち上げた当時の科学館の館長さんから、「彗《すい》くんは人一倍散らかすのだから、最後まで残ってモップかけを手伝っていきなさいね」と言われて以来、館長が何回か替《か》わってもずっと続けてきたのだ。

「彗くんは、集中力がないわけじゃないんだよなあ」

当時の館長さんは一緒《いっしょ》にモップかけをしながらおれにいつも言った。

「刺激《しげき》に敏感《びんかん》なのかな。人がいると興奮《こうふん》しやすくて、いったん楽しくなってしまうと気持ちが落ち着くまで時間がかかるんだろうね。微細《びさい》な粒子《りゅうし》の沈殿物《ちんでんぶつ》が掻《か》き回されたときみたいに、積もるまで時間がかかるから待てずにまた動いてしまうんだろうな」

言われたときはなにを言っているのかわからなかったけれど、おれを責《せ》めたり嫌《きら》ったりしているのでないと、なんとなくわかっていた。

まあ、今思うと、おれはあのときの館長さんが好きだったんだな。ふつうのおじさんにしか見えなかったけどな。

将来《しょうらい》は科学館の館長になろうかな。家から近いし……なんてことを考えた時期もあった。好きなことの合間にときどきモップかけをする楽な仕事に見えていたのだ。高学年になったころ、文科省とか教育委員会とか公務員とか天下《あまくだ》りとかまあそんな言葉を知って、館長にはそう簡単《かんたん》にすぐなれるわけじゃないとわかって夢にするのはやめたけど。

モップを片付け、工作室に鍵《かぎ》をかけて、事務室のパートの人に鍵を返す。科学館の運営が業務委託《いたく》になってからパートの人は数か月で替《か》わってしまう。だから、最近は名前を覚えない。

「お疲《つか》れさま。掃除《そうじ》は業者が入るから、しなくても大丈夫《だいじょうぶ》ですよ？」

「はい。でもまあ、気分で」

適当に返事をしておく。

建物の外に出ると、強烈《きょうれつ》な真夏の西日と熱風が待ち受けていた。

松葉づえを使っていると脇《わき》の下に汗《あせ》をかいて暑い。これはもう、甘《あま》えんぼな可愛《かわい》い女の子がおれから離《はな》れたくないとべったりしがみついていると想像して我慢《がまん》するしかない。

ああっ、彼女欲《かのじょほ》しい！

キンキンに冷えてる彼女が欲しい！

家に着いたらアイス食おう。妹が全部食べつくしてなければいいんだが。確認《かくにん》してみっか。

立ち止まってスマホを取り出して文字を打ち込んでいると、だれかがこっちに近づいてくる気配がした。邪魔《じゃま》になったらいけないと思い、一歩、脇によける。

「あのぅ」

ん？　まだ邪魔だったか？

「近藤彗《こんどうすい》さん……ですよね？」

顔を上げると女の子がいた。小学生、いや、妹と同じ中学一年生くらい？

「えっと、光《ひかり》の友だちかな？」

女の子はハッとした顔になる。怯《おび》えたような。

「違《ちが》うの？　妹の学校の子と違うん？」

「光さんって妹さん？」

「中一なんだけど」

「あ、同じです。知らなかった。そっか、妹さんがいたのか。今度、学校で話しかけてみます」

この子、なんだろう。怪《あや》しいぞ。光の友だちでもない中学生が、なんでおれに話しかけたんだ？

改めて顔を見る。

目がある鼻がある口がある。眉毛《まゆげ》が薄《うす》いのにぼさぼさしている。日に焼けた血色のいい子どもの肌色《はだいろ》。背《せ》は妹よりは高い。そしてブラジャーをしている。透《す》けたとか肩《かた》ひもが見えたわけじゃないけど、中途半端《ちゅうとはんぱ》なシャツの胸《むね》の膨《ふく》らみ方がたぶんその形。

妹が小六のときに、薄っぺらな子どもブラじゃなくてパットの厚みが一・五センチもついている上げ底ブラジャーを買ってきて、おかんとおとんに「こういうのはまだ早い」と注意されていたことがある。

世の中のあれには自前の肉の代わりにウレタンが詰《つ》まっている可能性《かのうせい》があるというのか……まだ知らなくていい衝撃《しょうげき》の事実を知ってしまい、それ以降《いこう》、女の子の膨らみが本物か偽物《にせもの》か気になるようになってしまった。まだ実際に覗《のぞ》いて確《たし》かめる機会はないけれど。

「あの、いま好きな人はいますか？　というか、か、彼女《かのじょ》はいますか？」

「えっ……今はいないけど」

一瞬《いっしゅん》、同じクラスの夏海《なつみ》の顔が浮《う》かんだ。茶髪《ちゃぱつ》につけまにがっつりメイクの華《はな》やかな夏海。いつもあともうひと押《お》し、という感じなんだが、骨折《こっせつ》の入院の見舞《みま》いに来てくれたとき、付き合わないかと言ってみたら「ごめんね」と泣かれてしまった。女を泣かすなんて罪作《つみつく》りだぜ。

とにかく、おれと付き合いたい女は綿《わた》ぼこりのように湧《わ》いてくる。だから特別、夏海には執着《しゅうちゃく》しない。

「あの、お友だちになってください」

「はあ？　意味がわからん」

三つ年下の妹の同学年の女の子とわざわざ友だちになるって発想が、おれには全くなかった。まず、友だちって頼《たの》んでなるものじゃないと思うし。

おれの場合、なんとなく教室で一緒《いっしょ》に行動してしゃべっているうちに、いつの間にか友だちになってるパターン。

それともなんだ。一人も友だちがいない寂《さび》しい子なのか？

なんか言おうと思ったときには、女の子はおれに背中《せなか》を見せて走り去っていくところだった。

「おーい……。なんだ、あれ」

変な遊びが流行《はや》っているのだろうか。いまどきの中学生の考えることなんて、おれにはもうわからん。だいたい、中学のときなんてなんも考えてなかった。自分が発明家になって、特許《とっきょ》で大金持ちになって、世界中の女の子たちから言い寄られる妄想《もうそう》をするぐらいで。

家に帰って妹に訊《き》くと小ばかにされた。

「そんな遊びが流行るわけないでしょう。ふふん、からかわれたんじゃないの？」

「なんでおれが見ず知らずの女子中学生にからかわれなきゃならないんだ」

「へんな髪形《かみがた》してるからじゃないの？」

妹は残酷《ざんこく》だ。

「そうか、かっこいいからだよな。だから思わず話しかけたくなったんだ」

「お兄ちゃんの名前を知っていたんでしょう？　科学館の会のだれかの知りあいじゃないの？　どんな顔をしていた？　なにか特徴《とくちょう》は？」

「うーん。顔かあ……。顔はあったなあ」

「なかったらカオナシだよ。あれ？　カオナシって顔があるよね。顔がないのはのっぺらぼう？　まあいいか」

「忘《わす》れた。顔がぜんぜん思い出せない」

「夢でもみたんじゃないの？『お友だちになってください』なんて、古臭《ふるくさ》い告白シーンみたいじゃない。なんで名前を訊かなかったの？　一年生って四クラスもあるもん、わたしに訊かれてもわかんないよ。本当に女の子だった？　てか、人類だった？」

日ごろ妹に甘《あま》いおれも、さすがにムッとする。

「女の子だよ。ブラジャーをつけていたし」

「……いま、なんて言った？」

「ブラジャーをつけていたし」

「………！」

いきなり妹に股間《こかん》を蹴《け》りあげられそうになった。

「おいやめろ。おれは怪我人《けがにん》なんだぞ」

「顔も名前もわからないのに、そこの部分は覚えてるのか。このエロゴミ」

「光《ひかり》たんが訊《き》くから言ったんじゃないか」

「クズ兄貴《あにき》。不潔《ふけつ》の魂《たましい》。わたしの中学の同学年に手を出してわたしに恥《はじ》をかかせたら承知しないからね！」

「なんだよ。まだなにもしてないだろう」

「まだなにもってなに、まだなにもって！　キモッ」

「なんで怒《おこ》るんだよ」

女子中学生は難《むずか》しい。だが、妹との会話にはまだ当分、おかん語はいらない。

妹の反応を、しいておかん語に翻訳《ほんやく》すれば「お兄ちゃんはわたしのもの」ってことだろうな。

幸せガール

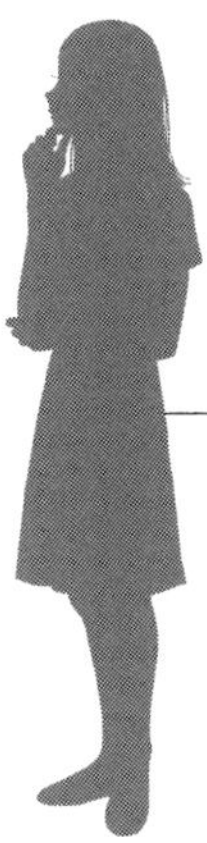

日下月乃

昼休み。図書室に行こうとしていたら、同じクラスの松木《まつき》鈴理《すずり》に、女子トイレの個室に引《ひ》っ張《ぱ》り込《こ》まれた。

「なに、なに、なんなの？」

ドアに挟《はさ》まれそうになる。洋式便器をはさんで狭《せま》いところにぎゅうぎゅうになる。

わたしたち、中学生ですよ。小学生じゃあるまいし、こんなことふつうしないですよ。

「月《つき》ちゃんにお願いがあるの」

「夏休みに借りた本、今日までに返さないと。明日の朝読書の時間に読む本も借りたいし」

「すぐだから。これを読んでほしいの。でも、だれにも言わないでね」

「手紙?」

「字の間違《まちが》いがないか確認《かくにん》して」

鈴理《すずり》がスイーツ柄《がら》の封筒《ふうとう》から出したのは横書きの便せん三枚《まい》。

近藤彗《こんどうすい》様、となっている。

「だれ?」

「高校生の男の子。いいから読んでみて。変なところがあったら教えて」

近藤彗様
はじめまして。わたしは松木鈴理(すずりと読みます)という中学一年の女の子です。中学校ではソフトテニス部に入っています。
ひいおじいちゃんの名前は、松木昭二郎《しょうじろう》といいます。
七月の半《なか》ばに、ひいおじいちゃんの自転車が近藤彗様にぶつかって、近藤彗様の足を骨折《こっせつ》させてしまいました。その節は本当にすみませんでした。

ひいおじいちゃんには以前から、もう自転車には乗らないでと話していたのですが、どうしても聞き入れてもらえませんでした。あのときは近藤彗様が横倒《よこだお》しの自転車の下敷《したじ》きになってクッションになってくれたおかげで、ひいおじいちゃんは怪我《けが》をしなかったんだろうねって、おばあちゃんとも話しています。

だからわたしは、近藤彗様はひいおじいちゃんの命の恩人《おんじん》だと思うのです。おばあちゃんから教えてもらったことを手がかりに、わたしは夏休みがはじまってからずっと近藤という苗字《みょうじ》の人の家を探《さが》していました。

そしてついに、足にギプスをつけて松葉づえをついたあなたを発見したのです。ひいおじいちゃんが言っていた、いまどきの子の髪形《かみがた》で。まさか本当に毛先を白く染《そ》めているとは。高校生なのに、おしゃれすぎです！

手紙の書き出しには、はじめましてと書きましたが、本当ははじめましてではありません。もう覚えていないと思いますが、八月に、科学館の前で話しかけたのはわたしです。勇気を出して話しかけてみたものの恥《は》ずかしくなって、途中《とちゅう》で逃《に》げてしまいました。

でもやっぱり、近藤彗《こんどうすい》様とちゃんと知り合って、お礼を言いたいと思い、この手紙を書きました。

わたしと同い年の妹さんが中学校にいるとわかったので、妹の光《ひかり》さんにこの手紙をお願いすることにします。

次の「工作の会」の後に、少しお話がしたいです。嫌《いや》でなかったら、コミュニティバスの乗り場のベンチか、そのあたりにいますので、お願いします。

鈴理《すずり》より

えっと……なにこれ。お礼状ですか？　呼《よ》び出《だ》し状ですか？　もしかしてラブレターの一種？

「字の間違《まちが》いとかは、特に気になるところはないけど……」

「ホント？　ホントにこれで大丈夫《だいじょうぶ》かな」

この手紙をもらった人はどう思うんだろう。お礼状のようだし、女の子から手紙をもらえて、単純《たんじゅん》に喜ぶのかもしれない。

でも……もしも逆《ぎゃく》パターンで知らない男子高校生からこういう手紙をもらったら、わたしだったら気持ち悪いと思うかも。家の前まで来て、こっそり見ていたって書いてあるし。

でも、鈴理に言ってもわからないですよね。相手がどう思うかって初めからわかる子だったら、こういう手紙を書かないでしょうし。

「この手紙の光さんって、演劇部《えんげきぶ》の近藤光のこと？　お兄さんがいたんだね。末っ子っぽいもんね」

「光さんのこと知ってるの？　演劇部なんてあったの？　もしかして月《つき》ちゃん仲いい？」

「うちのいとこが演劇部の三年にいるから、近藤光って一年生が入部したんだけど知ってるって訊《き》かれたことがあって。小学生のとき、図書委員で一緒《いっしょ》の曜日の班になったことがあって、すごくおとなしい子だったから、中学で演劇部に入ったのが意外で。仲がいいというか、知ってる子って感じ？」

「月《つき》ちゃんて顔が広いよね」

「ふつうだと思うけど」

「顔のサイズのことを言ったんじゃないよ？」

「わかってますけど」

わざわざそれを確認《かくにん》することはないだろうに。鈴理《すずり》だって、本人が思っているほどの小顔ではないですよ。

「もう行っていい？　昼休みのうちに本を返さないと」

「だれにも言わないって約束してくれたらいいよ。ついでに、光《ひかり》さんにこの手紙を渡《わた》してほしいんだけど、お願いできる？」

そのくらい自分で渡してくださいよ。と言いたかったけれど、断《ことわ》れば鈴理はごねだしますって。それは予想できますから、早くこの個室から出たくて、二つ返事で手紙を受け取ってしまった。

「待って、いまシールで封《ふう》をするから。ありがとう、月ちゃん大好き」

そりゃ好きでしょう。わたしは鈴理が頼《たの》めばいつでもなんでも言うことを聞いてくれる都合のいい友だちだもの。

早い話が、頼まれごとを断って、そのことでもめるのが面倒《めんどう》くさいのですよ。

わたしは小学六年の春に親友を失ったんです。

といっても、死んだとか、ケンカ別れをしたというわけじゃなくて。親友が親の転勤で海外に転校してしまったのでした。

その子とはつながりが完全に消えたというわけでもなくて、転校した後も、お母さんと兼用《けんよう》のケータイでメールをすることはあったんです。

だけどもう、わたしの親友は同じ学校の同じ教室にはいないのです。ほかにも仲のいい友だちは何人かいたけれど、束《たば》になっても親友の代わりにはならないのです。そのことが日一日と胸《むね》に迫《せま》ってきて、ある日わたしは学校に行けなくなったんです。

三日続けて休んでしまったとき、いじめの心配をした担任《たんにん》は、仲のいい友だちに話を聞いたようでした。親友が転校したのが寂《さび》しい、とわたしは複数の友だちに話していたので、担任もそれが原因《げんいん》と納得してくれて、いじめ問題にはならなかったのでした。

その日の夕方、何人かの友だちがそれぞれにうちに来て、「寂《さび》しくさせていたらごめんね。これからはもっと仲良くしようね」と謝っていきました。

わたし、意外と愛されていますよね？

「うん。ありがとう。心配かけてごめんね。明日はちゃんと学校に行くね。これからも仲良くしてね」

会いに来てくれたみんなに明るくそう言った晩《ばん》に、突然《とつぜん》高熱を出してしまって、親は翌日《よくじつ》もわたしを休ませるつもりでいたんですけど、わたしは布団《ふとん》から脱出《だっしゅつ》し、引き留めようとする親を蹴飛《けと》ばし（うっかりです）、ふらつきながら学校に行ったのです。

今日も休んでしまったら、もっとめんどくさいことになる！

そう悟《さと》ったからでした。

この世界では、親友の不在を嘆《なげ》いて、一人で静かに過ごすことは許《ゆる》されない。今まで通りに学校に行って、なんでもなかった顔をしていないと、他の友だちや大人たちが心配するからです。みんなが心配したり、不安になったり嫌《いや》な思いをすることがないように、みんなと同じ行動をすることはわたしの気持ちよりも重要で、大切なことなのです。わたしの気持ちを優先《ゆうせん》してしまったら、「自分勝手で迷惑《めいわく》な人」のレッテルを貼《は》られてしまう。

そうなったらもう、だれもわたしの心配などしないですよね。そんな学校は地獄《じごく》になります。迷惑な人にはいなくなってもらいたいと思われ続け、そのうち必ず罰《ばつ》がある、と不幸の訪《おとず》れを期待されて望まれ続けることになるからです。

親にしたって、子どもが問題なく学校に通ってくれたら、自分の仕事に専念《せんねん》できるし、夜もぐっすり眠《ねむ》れるでしょう。

つまり、他人に迷惑をかけないためには、自分の心に迷惑をかけるしかないということ。

どちらにしても、親友はもどってきません。

もしもどってきたとしても、いったんできてしまった空洞《くうどう》は、その数日間でいびつに歪《ゆが》んで広がっていて、前のようには親友の枠《わく》にぴったりはまらないような気がするのです。

きっとささいなことでも、以前はこうだったのにと違《ちが》いを比べてしまいますよ。以前よりも強く、親友であることを相手に求めてしまいますよ。そんな違和感《いわかん》を抱《かか》えたままで、ぎちぎちに監視《かんし》し合って親友を続けていくのもつらいですよね。

だからわたしは、諦《あきら》めたんです。もう親友を作らないって。

以来、新しい友だちが増《ふ》えたとしても、親友にならないように、どの子とも距離《きょり》を作っているんです。

ただし、そのわざと開けている距離感が読み取れない子が学校には何人かいて、その一人が鈴理《すずり》というわけでした。

まあ、それはそれで幸せな子なんでしょう。

キャンディー・スマイル

湯川夏海

『近藤《こんどう》が果たし状をもらった（笑）』
きのうの夜、スイーツ柄《がら》の手紙の画像が、未莉亜《みりあ》からメールで回ってきた。
野上《のがみ》未莉亜は同じクラスの山西達之《やまにしたつゆき》と付き合っていて、山西はいつも近藤彗《すい》とつるんでいる。だから写真の出所は近藤本人か。
翌朝《よくあさ》、高校に行くと、未莉亜が近藤としゃべっていた。未莉亜は無口で大人っぽいから、子どもっぽくてうるさい近藤のことなんてうっとうしいのだろうと思っていたのに、山西と付き合いだしてからは、昔からの友だちのように近藤ともふつうにしゃべっている。

あたしはそこに混《ま》ざっていった。

「近藤《こんどう》、果たし状をもらったんだって？」

「なんでそういう話になるんだよ。ラブレターだろ、どう見ても」

「女子中学生からだって」

と、未莉亜《みりあ》。

「中学生？　同級生の女の子に相手にされないからって、とうとう子どもにまで……

警察沙汰《けいさつざた》はやめてよ？」

「見ればわかるって」

近藤は鞄《かばん》の中のクリアボックスから、ジップロックの袋《ふくろ》に入れた手紙を出してきた。

厳重管理《げんじゅうかんり》だ。

「そういうの、刑事《けいじ》ドラマで見た。遺留品《いりゅうひん》を裁判《さいばん》の証拠《しょうこ》に使うときに」

未莉亜が悪のりして訊《き》く。

「指紋《しもん》は採《と》った？」

「いいから見ろって。おれを骨折《こっせつ》させた爺《じい》さんのひ孫なんだって。うちの妹と同学年らしいんだ」

近藤が机《つくえ》に便せんを広げて見せてくれた。

中学生の女の子らしい文字がびっしり並《なら》んでいる。うますぎず、下手すぎず、大きすぎでもなく、小さすぎでもない。

「読んでいいの？」

「読んで、おれの魅力《みりょく》を知るがいい」

こんなふうに手紙を読まれるなんて、これを書いた女の子は思いもしなかっただろう。なんだか可哀想《かわいそう》だな。

と思いつつ、好奇心には勝てなかった。未莉亜と一緒《いっしょ》に覗《のぞ》き込《こ》む。

丁寧《ていねい》な手紙だ。中一のわりにはしっかりした文を書いている。バカな子ではないし、いたずらでもない。ちゃんとした印象。事情はわかった。

「会いに行くつもりなの？」

「妬《や》いた？」

近藤《こんどう》の一言に、あたしは間をあけずに冷たく言い返す。

「なんで？」

未莉亜《みりあ》が訊《き》く。

「次の工作の会っていつなの？」

「再来週《さらいしゅう》の日曜」

ふと、親と約束していた再来週の予定を思い出した。

その日の午後は、たぶん科学館の近くにいる。たしか、同じ駅だったと思う。お母さんが入っている福祉《ふくし》サークルの展示即売会《てんじそくばいかい》の裏方《うらかた》を頼《たの》まれている。日曜だけでも手伝ってくれたらお母さんがご褒美《ほうび》に二千円くれるって言うから、やるって言ったのだ。二千円はちょっと半端《はんぱ》な額だけど、お金は欲《ほ》しい。

未莉亜がニヤリとして言った。

「こっそり見に行こうかな。工作の会って、なん時ごろ終わるの」

「一時から三時だから、片付《かたづ》け終わるのは三時十分過ぎくらいだけど、来るなよ」

「冗談《じょうだん》だよ。そんな暇《ひま》ないよ。本当に女の子が来ると思う？　ごついオッサンが四、五人現《あらわ》れて、囲まれて入《い》れ墨《ずみ》見せられて、おい金を置いてけってことになるんじゃないの」

「怖《こわ》いこと言うなよ。おれを自転車で轢《ひ》いた松木昭二郎《まつきしょうじろう》のひ孫が、わざわざそんなことをするわけないじゃないか。おじいちゃんが迷惑《めいわく》をかけてごめんなさいって、おれに謝りたいんだろ」

「謝るったって、ひ孫が悪いことをしたわけじゃないし」

「だーかーらー、それは口実なんだよ、未莉亜。鈴理《すずり》たんはなぁ、おれに会いたいって思っちゃったんだろう?」

未莉亜が呆《あき》れた表情で、あたしに顔を向けた。

「鈴理たん……って。鈴理ちゃんじゃないんだ、鈴理たんなんだ?」

あたしは二人の会話を聞きながら、別のことが気になっていた。未莉亜の右手首に絆創膏《ばんそうこう》が貼《は》ってある。手の甲の少し下だから、ちょっと不自然な場所だ。転んで手を突《つ》いた擦《す》り傷《きず》ならたいていは手のひら側につく。なんでそんなところに? 内側じゃないってことはリストカットでもなさそうだけど。

あのさ、と口にしかけたときに近藤《こんどう》が言った。

「呼《よ》び方はどうでもいいだろ」

「近藤って、夏海《なつみ》が好きなんでしょ？　入学以来、ずっと夏海が好きだ、夏海が好きだ、言ってきたじゃない」

「ちょっとやめてよ、未莉亜《みりあ》」

せっかく他の女の子に気持ちがそれてくれたのに、蒸《む》し返《かえ》さないで。

「おれは好きだけど？　夏海はだれとも付き合う気がないみたいだしさ……」

だれともなんて言った覚えはない。近藤と付き合うのは無理って言っただけ。だってあたしには気になっている人が他にいるし。

「乗《の》り換《か》えるわけ？　付き合えそうな女の子ならだれでもいいわけ？」

未莉亜、よく言った。

近藤彗《すい》という人は、彼女《かのじょ》という存在《そんざい》が欲《ほ》しいだけ。近藤の口癖《くちぐせ》が「彼女欲しー」だなんて、鈴理《すずり》ちゃんは知らないのだろうな。

あたしのことを好きだと言っているのも、つけまとか茶髪《ちゃぱつ》とか、そういうギャルっぽいメイクの女の子の見た目が好きだから。だって、近藤があたしを褒《ほ》めるときって、まつ毛がかわいいとかネイルがキラキラとか、見た目ばかりだもの。

そんな近藤が、中学一年生の女の子と知り合って、どうなるんだろう。メイクをさせて彼女にするつもりだろうか。

「中学生なんでしょう？　半年前までランドセル背負《しょ》っていたってことでしょ」

「会いたいって言うから会ってもいいかなと思ってるだけ。妹の同学年にへんなことできないし、手紙を無視《むし》したら妹が学校でなにか言われるかもしれないし」

「ふーん、妹思いなんだ。知らなかった」

「おはー」と、山西達之《やまにしたつゆき》が教室に入ってきた。

クラスの女の子たちが次々に「おはよう」と声をかける。山西は、騒《さわ》がしくてガキっぽい近藤とは対照的なさわやかイケメンモテ男子だ。

未莉亜のほうはいつも冷めた感じで、クラスの女子になじむ気のないタイプ。それにいつも年上の彼氏《かれし》がいた子だったから、親友のあたしでさえ、山西と付き合うと決めたことは意外だった。

山西《やまにし》は机《つくえ》の上に広げた便せんを見つけると、嫌《いや》なものを見たように眉間《みけん》にしわを寄せた。

「なにやってんの、近藤《こんどう》」

「なにって、報告だけど」

「言葉で言うだけならいいけど、そんなことをしたらその子に悪いと思わない？」

山西が女の子から人気があるのはよくわかる。

「え？　え？」

「そうそう。まず、女の子からもらった手紙を人に見せびらかすようじゃ、男としてダメだよ」

未莉亜《みりあ》が言う。未莉亜もそう思っていたのかと少しほっとする。あたしも言う。

「うん、絶対にダメだね。サイテーだね」

「な、なんだよ急に。そう思っていたなら先に言えよ」

「妹はなんて言ってた？」

未莉亜が近藤と話す間、山西はごく自然な振《ふ》る舞《ま》いで未莉亜の手首の絆創膏《ばんそうこう》をそっと人差し指でなでた。でも未莉亜は机からぴくっと中指の先を一瞬《いっしゅん》浮かしただけで表情では特に反応しなかった。

ああ、この二人って……。あたしは見てはいけないものを見たようにドキッとしてしまった。親密《しんみつ》な大人の恋《こい》をしている間柄《あいだがら》でないとしないタイプのなにげないやり取りだと察知したから。それに山西は絆創膏の理由を知っているんだ。

「妹には見せてないよ。最近いつも機嫌《きげん》悪いし。鈴理《すずり》たんとは特に接点がないみたいだし」

近藤はそそくさと手紙をしまいはじめる。

「妹が手紙を預かってきたんでしょ？　絶対に先に読んでるよ。中学一年生だもん、気になって読むでしょ。鈴理たん可哀想《かわいそう》」

未莉亜に続いてあたしも言った。

「今頃《いまごろ》、学校中で噂《うわさ》になっているんじゃないの？」

「マジか？　絶対にだれにも言うなって言っとく」

もう遅《おそ》いよ。

未莉亜《みりあ》の絆創膏《ばんそうこう》から目をそらすために、あたしは寺崎誠也《てらさきせいや》の姿《すがた》を探《さが》した。

まだ教室には来ていない。バスケ部の朝練の片付《かたづ》けをして、たいていぎりぎりに教室に入ってくる。

寺崎だったら、さっきの山西《やまにし》と未莉亜のやりとりをどう感じただろう？　頭が良くてスポーツマンの寺崎でも、あたしが感じたようにみだらな空気を察知するのだろうか。いま目の前にいる近藤彗《こんどうすい》は、山西と未莉亜のやりとりを見ても、百パーセントなにも感じていないと断言《だんげん》できる。

不思議だな。

この教室には同じ年齢《ねんれい》の人ばかりがいるはずなのに、恋愛《れんあい》に関してはまるで成長度合いがバラバラだ。

あたしだって好きな人に触《ふ》れたい気持ちは持っているし、求められたい気持ちはある。時々キスとかの妄想《もうそう》はしてる。けど、そういうのとは別に、大切に、大切に、透《す》き通《とお》ってキラキラに膨《ふく》らんだ気持ちを、一緒《いっしょ》に育ててふわふわさせてくれるような恋愛がいい。

ということは、わたしの恋愛年齢は山西よりも近藤に近いのだろうか。

「でもさー、考えてみたら、鈴理《すずり》たんのほうだって、近藤妹に渡《わた》せば読まれてしまう可能性《かのうせい》くらい、予想できてもよくない？　中一の女子なんだし」

未莉亜の言う通りだ。

と考えると、なんか、変な感じ。

疑《うたが》うことを知らないピュアな子なんだろうか。人の目なんて気にならないほど、夢中っていうこと？　それとももしかしたら……。

寺崎が運動部風のあいさつをしながら教室に入ってきた。教室の何人かが返事をする。

寺崎の横顔が好き。精悍《せいかん》という言葉がぴったりだ。

寺崎が自分の席に進みながら「おはよう」とはっきり声をかけた最初の相手、それは斉藤美希《さいとうみき》だった。

美希は中学時代の恥《は》ずかしい思い出をたくさん共有しているあたしの親友――元親友だった。高校でもバレーを続けて頑張《がんば》っている快活女子。練習嫌《ぎら》いで勝負嫌いのあたしとちがって、美希《みき》は今でも結果に向かってまっすぐだ。

席が近いから声をかけたんだと思うけど……いつだったか、山西《やまにし》が美希と寺崎《てらさき》はお似合《にあ》いだっていうようなことを話していたと思う。認《みと》めたくないけど、確《たし》かにそうかも。二人の空気は似ている。でもどちらも恋愛《れんあい》体質ではないから、友だちのままだ。それに、美希のイマ友の沢井恵《さわいけい》も山西情報では寺崎が好きらしい。そのことを知らずに、あたしは元親友に協力してほしくて美希にだけ自分の気持ちを打ちあけてしまった。

ふいに、自分の中学一年のころの記憶《きおく》が浮《う》かび上《あ》がってきた。

あたしだって、近藤《こんどう》に手紙を出した鈴理《すずり》たんをとやかく言える立場じゃなかった。

好きな人ができたとき、あたしは友だちに喋《しゃべ》りまくったことがある。

恋《こい》をしている自分が、特別なもののような気がしていたから。しかも好きになった相手はクラスのふつうの男の子じゃなくて、社会科の伊藤大地《いとうだいち》先生だ。親友の美希と伊藤先生ファンクラブを作って、三か月くらいは夢中になっていた。

いま振《ふ》り返《かえ》ると、懐《なつ》かしいというよりも若気《わかげ》の至《いた》りが恥《は》ずかしい。なんであんなに好きだったのかわからない。恋をしている状態《じょうたい》に、ときめいていたのかもしれない。

「恋」というものをしてみたくて、たまたまその相手が、先生だったということだ。学校の先生なら両想いになっても立場上その先に進展《しんてん》することのできない安全圏《けん》にいるわけだから、ちょうどいいのだ。

そんな自分の過去を思うと、現役《げんえき》中学生の鈴理たんは、自分が年上の男性に恋をしていることに酔《よ》っていて、人とは違《ちが》うちょっと特別な自分のことを、学校のみんなに知ってもらいたいのかもしれない。恋愛ドラマの主人公になったつもりで。そう考えたら、意地悪すぎるのかな。

美希と言葉を交わしたあとの寺崎の横顔は、精悍《せいかん》さは変わらなくてもほんのり口元が優《やさ》しくなった気がする。

人の表情があんなふうに微妙《びみょう》に変化できるって、知らなかったな。

あたしも寺崎にあんな表情をさせられるときがあるのかな。

友だちは多いほう

松木鈴理

わたしの大親友の月《つき》ちゃんは、いつもぴっと背筋《せすじ》を伸《の》ばして歩く。足運びもさっさっと機敏《きびん》だ。だから登校途《と》中《ちゅう》の離《はな》れた場所にいても、すぐ見つけられる。

早歩きで追いかけて、下《げ》駄《た》箱《ばこ》の前でようやく追いついた。

「おはよう月ちゃん。今日もお話があるの。あとでまた相談にのってね！」

「おはよう……いつも元気だねえ」

「えへへ、それだけがとりえかな」

褒《ほ》められて嬉《うれ》しくなった。月ちゃんは優《やさ》しくて、話しやすいから大好きだ。

「それで、近藤《こんどう》さんとは話をしてみたの？」

近藤彗《すい》様の妹さんの光《ひかり》さんのことだ。あれ以来、「手紙を渡《わた》してくれてありがとう」って言いに行こうと思って、休み時間になんども四組の光さんの教室の前をうろついては勇気を出せずに失敗していた。やっときのう話しかける決意をして、部活の後に話すつもりでいた。

「ううん、緊張《きんちょう》して、やっぱ恥《は》ずかしくて、校門ですれ違《ちが》ったときも結局なにも言えなくて……。あっちは部活の先輩《せんぱい》たちと一緒《いっしょ》だったたし。ごめんね、せっかく月ちゃんが応援《おうえん》してくれているのに、意気地《いくじ》なしでごめん」

「別に、わたしに謝ることじゃないし。鈴理《すずり》のしたいようにするのが一番だよ」

「月ちゃんのそういうところ、大好き」

わたしは月ちゃんの腕《うで》にさっと腕をからめた。でも、月ちゃんはすぐにやんわりと腕組みをほどく。ふふ、照れ屋さん。

「人見知りするタイプには見えないのにね。だれとでもすぐに友だちになれるほうって前に言ってなかった？　友だちだって思った時点でもうみんな友だちなんだよって」

「だれとでもすぐに友だちになれるほうだけど、それとはちょっと違《ちが》うでしょう？　だって、近藤彗《こんどうすい》様の妹さんなんだもん」

「そうなんだ？」

「そう」

だから、きっと今日も廊下《ろうか》でそっと見てるだけ。

チラ見しながら、近藤彗様と似《に》ているところを探《さが》す。

光《ひかり》さんは、ふつうにかわいい子だ。こう言っちゃ悪いけど、平凡《へいぼん》な雰囲気《ふんいき》で、口の悪い男子が女子の格付《かくづ》けをしたら、クラスの中の下って言いそうな感じ。もちろん女の子たちなら中の上って言うはずだし、わたしだったら上の下くらいって言ってあげると思うけど。

わたしにとって下の下っていうのは、かわいくてセンス抜群《ばつぐん》のつもりでいて仲のいい子以外の子を無視《むし》する子たち。光さんは特別にかわいくもないしセンス抜群でもなさそうだから、きっと人を無視したりしないと思う。近藤彗様の妹さんなんだもの、心が澄《す》んだ立派《りっぱ》な方に決まっている。

あんな内面美人の妹さんを毎日家で見ているのなら、彗様は他の女の子になんて興味がないのかもしれない。ちょっとやそっとのかわいい子なんて、目に留まらないいんじゃないのかな。

わたしの前髪《まえがみ》、光さんみたいにしたら、彗様は気づいてくれるかな。それとも全く違う髪形《かみがた》にしたほうがいいのかな？

でも、今月は美容院に行く月じゃない。自分で切るのは絶対に失敗するから諦《あきら》める。

彗様のことだもの、鈴理《すずり》は鈴理のままでいいんだよって言ってくれるはず。

やだ。彗様のことを考えたらドキドキしてきた。

約束の日曜日が近づいている。

彗様のことを考えていると時間はあっという間に過ぎていく。

家に帰ると、少しもしないうちにママが仕事から帰ってきた。なにやらキッチンで叫《さけ》んでいる。

「ご飯のスイッチ入れてって頼《たの》んだら、鈴理ははーいって言ったわよね？」

「え？　そんなこと言った？　電話なんてした？」

炊飯器《すいはんき》のなかが空《から》っぽなのをわたしのせいにしたいらしい。

ママは電話の着信履歴《りれき》を確《たし》かめてどや顔で言う。

「一時間半前に通話してるじゃない。どうせまたぼんやりして一人でにやにやして時間が跳《と》んだのね。ママは一日中働いてくたくたで、帰ったら冷凍《れいとう》しておいたカレーをチンして食べて早く寝《ね》ようと思っていたのに、ご飯がないんじゃ今夜は買い置きのカップラーメンね」

「インスタントは体によくないよ」

ママが静かにキレた。

「そうでしょうね。その通りよ。だからご飯を頼《たの》んだの。鈴理《すずり》がいるから安心して、お弁当を買ってこなかったの。しっかりしてよ、中学生でしょ？　いつになったらふつうのことがふつうにちゃんとできてくれるの。ずっとママやパパが助けてあげられるわけじゃないのよ？」

小言なんて聞きたくない。

言われてみればわたしだって疲《つか》れてお腹《なか》がぺこぺこだ。小言を言われていても、ほかほかご飯は出てこない。

それに、ご飯の支度《したく》を忘《わす》れたくらいで、世界が滅亡《めつぼう》するわけじゃない。そうでしょ？ 違《ちが》う？

「わたしにもいろいろとやることがあるの！」

そう言って、部屋《へや》に閉《と》じこもる。ちょっと反抗期《はんこうき》なのかもしれない。

わたし、さんごに生まれたかった。

満月の夜に生まれて海の中を漂《ただよ》って、養分たっぷりの海流に乗って自由気ままに流れていくの。ちょっとずつ形を変えて成長してって、明るい穏《おだ》やかな海に着いたらちょうどいい大きさの岩盤《がんばん》にくっついて、きれいな石の枝《えだ》を伸《の》ばしてく。そうして、お魚たちのすみかになってあげるんだ。死ぬときには美しい宝飾品《ほうしょくひん》になって、どこかの国の宮殿《きゅうでん》のお姫様《ひめさま》の寝室《しんしつ》に飾《かざ》られるの……。

空腹《くうふく》に耐《た》えられずキッチンへ行くと、ママはテレビを見ながらカップラーメンを先に食べ終わったところだった。わたしの分のラーメンを見つけてお湯を注いでいると、ママは体によくないスープをゆっくり飲《の》み干《ほ》して、独《ひと》り言《ごと》みたいに言った。

「今度の週末は天気が大荒《おおあ》れになるかもって」

「ふうん」

またケンカになったら嫌《いや》なので返事はしたけど、わたしには興味のない話。

とにかく彗《すい》様に会える日が待ち遠しい。

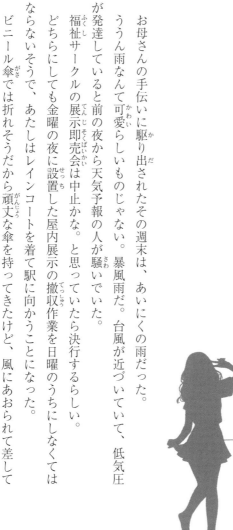

サイテーサンデー

湯川夏海

お母さんの手伝いに駆《か》り出《だ》されたその週末は、あいにくの雨だった。

ううん雨なんて可愛《かわい》らしいものじゃない。暴風雨だ。台風が近づいていて、低気圧が発達していると前の夜から天気予報の人が騒《さわ》いでいた。

福祉《ふくし》サークルの展示即売会《てんじそくばいかい》は中止かな。と思っていたら決行するらしい。

どちらにしても金曜の夜に設置《せっち》した屋内展示の撤収《てっしゅう》作業を日曜のうちにしなくてはならないそうで、あたしはレインコートを着て駅に向かうことになった。

ビニール傘《がさ》では折れそうだから頑丈《がんじょう》な傘を持ってきたけど、風にあおられて差していられない。レインコートで正解だった。

電車は遅《おく》れ気味で、速度を落として動いていた。そんな中を会場に向かった。

こんな日に、展示《てんじ》を見に来る人なんていない。でも、同じ建物内の施設《しせつ》に住んでいる人たちはミニ映画《えいが》上映会を楽しみに待っていた。中止にしないでよかったねってお母さんと話しながら、予定より早く展示の撤収《てっしゅう》作業をした。

お母さんの知り合いの人のバンに荷物を積んで、さああたしたちも電車が止まらないうちに帰ろうか、となったとき、エントランスの壁《かべ》時計を見ると午後三時を過ぎたところだ。

そういえば、科学館の工作の会は今日だっけ……。

この雨風では、さすがに会いには来れないだろう。

雨粒《あまつぶ》が斜《なな》めに線になっている。地面で跳《は》ね返って煙《けむ》るほど。

「この雨は待っていてもすぐには止まないから、行くよ。ケータイが濡《ぬ》れないようビニール袋《ぶくろ》に入れておきな。傘《かさ》用の袋があったでしょう」

お母さんに言われて、ケータイを開いた状態《じょうたい》で袋をかけた。

「とりあえず、駅までがまん」

自動ドアが開くと、ものすごい雨の音。アンコールの拍手《はくしゅ》みたいに。

お母さんが先に雨に飛《と》び込《こ》んでいった。一歩遅《おく》れた後からあたしも雨粒の重さを全身で受けて、「でも、待って」と考える。

拍手の音。

中学生のときの、まっすぐな気持ち。

世界があたしを中心に回っていてほしいと願っていて、そうなることを望んでいた。

ただ独身だというだけの、ちっともかっこよくない伊藤《いとう》先生を、アイドルスターのように見ようとしてた。信じて願えば現実《げんじつ》なんて必ず変えられる、と。だってあたしがそうしたいのだから、そうなるのが当然で……。

現実はそうにはならないとわかっていても、空想の中に無理やりとどまろうとして、都合のいいことだけを信じようとした。

自分はキラキラした幸せな世界にいるのだと信じたかったから。

「お母さん、先に帰って！　友だちのところへ行ってくる！」

大声で言わないと、聞こえないほどの雨の大歓声《だいかんせい》だ。

お母さんはなにかを言いたそうだったけれど、この雨風の中で立ち話をするのは不毛だと考えたのだろう、うんとうなずいて別れた。

あたしは早歩きで、科学館の標識《ひょうしき》のほうへ歩いていく。

だれもいないのを確認《かくにん》すれば気が済《す》むのだ。

べつに、あたしが気にすることじゃないけど、気になったのだから仕方がない。

この真っ白い雨の中、道を歩く人はいない。靴《くつ》の中に水が溜《た》まって、ぐっちょんぐっちょんいいはじめた。

なんであたしがこんなことしてるんだろう?

科学館の入り口に人影《ひとかげ》はない。

でも、その右奥《みぎおく》のほう、だれかいる。

土砂降《どしゃぶ》りの雨の中、女の子が両手で傘《かさ》を支えて立っていた。コミュニティバスの停留所の平らな屋根は、まったく屋根として役に立っていない。

やっぱりいた。

近藤《こんどう》の姿《すがた》はない。

いったん、科学館の入り口の一つ目の自動ドアを入る。工作の会は中止ですと札《ふだ》が出ていた。ああやっぱり。

電話をかける。のんきな声で出た。

「近藤のバカッ！　なにやってんの。鈴理《すずり》たん、バス停に来てるよ！」

『はあ？　大雨洪水《こうずい》暴風警報《けいほう》発令中だぞ。爆弾《ばくだん》低気圧が来てるから工作の会は中止って今朝連絡《れんらく》が』

「中止になったって、鈴理たんは知らないでしょう！　中学生の女の子なんだよ。好きな人に会う日には、頭ん中じゃ雨なんて降ってないんだよ！」

本当に近藤はバカ。恋《こい》に恋する乙女心《おとめごころ》をちっともわかりそうにないこんな自己中《じこちゅう》男に彼女《かのじょ》を作る資格《しかく》はない。

「あの子、近藤が来るまでずっと雨に打たれて待ってるつもりだよ。さっさと来なさいよ！　どっかに飛ばされて頭打って死んだら近藤のせいだよ！」

『い、今から行く。五分くらいで行けるから、安全なところにいて。悪《わり》い、頼《たの》む。すぐ行くから』

なんであたしが。

仕方ない。また土砂降《どしゃぶ》りの中に出て行って、女の子に手招《てまね》きをする。気づいてもらえない。近くまで行って、話しかけた。

「鈴理《すずり》さんだよね？」

不審《ふしん》な目を向けられる。でも、いまにも泣きだしそうなヒロインの瞳《ひとみ》。

「近藤《こんどう》はもうすぐ来るから。安全なところにいてって伝えてって頼《たの》まれたの。大丈夫《だいじょうぶ》だよ、近藤は来るって言ったから心配しないで。ほら、科学館の入り口のあそこなら外から見えるし、すぐわかるから。行こう」

呆然《ぼうぜん》とする鈴理たんを引《ひ》っ張《ぱ》って、雨の当たらない場所に連れて行く。

どう見ても、ただの女子中学生。身長だけは先に大人に近づきつつあるアンバランスな子どもだ。

なにを話したらいいのかわからないから黙《だま》っていた。

五分くらいで、近藤が来た。

折れてしまったビニール傘《がさ》を持って、頭からびしょぬれで走ってくるのが見えた。ダサい私服。

「ここにいてね」

鈴理たんにそう言い残して、あたしはドアの外に出る。

近藤があたしに気づく。あたしは「あっち」と大きな身振《みぶ》りで鈴理たんのほうを指で差す。近藤はそちらに向かう。あたしはその足で駅に向かった。

きっと鈴理たんの頭の中では、あわてふためく近藤の姿《すがた》が、嵐《あらし》の中を自分に会いたくて駆《か》けつけてくれた素敵《すてき》な人のキラキラなシーンでスローモーションのように見えているのだろうな。

あほらしくて、付き合ってらんない。

朝の会話

鈴理《すずり》から預かった手紙を近藤光《こんどうひかり》に渡《わた》した次の日、学校の下駄箱《げたばこ》の前に近藤光が落ち着かなげに立っていた。

「おはよう。どうかしたの？」

「あ、来た。きのうのことだけど」

どうやらわたしを待っていたらしいですよ。周りに人がいないのを確認《かくにん》しています。

「鈴理から預かった手紙のこと？」

「それ、日下《くさか》さんも読んだの？」

「字の間違《まちが》いがないか確認してって頼《たの》まれて読まされたけど」

「だれかに話した？」

「え、言わないよ。わたしは関係ないし、言うつもりはないよ」

「よかった。絶対に言わないでね」

口止めってことですか。光のほうこそ鈴理の手紙のことを面白《おもしろ》がってだれかにしゃべるんじゃないかってわたしは少し心配していたんですけど、違《ちが》うみたい。

「お兄さん骨折《こっせつ》したって、平気？」

「とっくに治って、ぴんぴんしてる」

「お兄さんて、かっこいいの？」

「全然。うちの兄貴《あにき》って、よく言えば発明家的っていうか、すっごくいいほうに言えば好奇心旺盛《こうきしんおうせい》な天才肌《はだ》っていうか、簡単《かんたん》に言えばちょっと変わったグレートハイパースペシャルなアホなんで、わたし、巻《ま》き込《こ》まれたくないんだよね」

自分の学校のあまり仲のよくない同学年の子と高校生のお兄ちゃんが付き合うかもしれないってみんなに知れたら、なんとなくいい気分ではないかもしれません。とくに相手が鈴理《すずり》のような夢見子ちゃんタイプだと。

「手紙のこと、忘《わす》れるから。放っとくし」

「そうして。じゃあ」

教室に行きかけた光《ひかり》に、なんとなく声をかけます。

「ねえ、演劇部《えんげきぶ》って楽しい？」

足を止め、こっちを見る。なんで訊《き》くのって顔。

「演技《えんぎ》をするって、どんな感じかなって思って」

「一年は裏方《うらかた》なの。日下《くさか》さん、お芝居《しばい》好きなの？」

「ちゃんと見たことないけど、図書室にある戯曲《ぎきょく》を少し読んだから」

「戯曲？　うちらは歌わないよ」

「えっと、歌じゃなくて、お芝居の脚本《きゃくほん》のこと。シナリオになってる小説みたいな本」

「ふーん」

「一緒《いっしょ》に教室まで行こう」

急いで上履《うわば》きに履《は》き替《か》えました。

「近藤《こんどう》さん、小学校のときはおとなしかったから、演劇部に入ると思わなかった」

「運動部、やだったんだ。吹奏楽《すいそうがく》も練習がめんどくさそうで」

「消去法か」

「でも、今は好きかも。部の先輩《せんぱい》たちも優《やさ》しいし。わたしも戯曲って本、借りてみようかな。中学に入ってから、全然図書室に行かなくなっちゃった」

「司書の先生、親切だよ」

「そうなんだー」

話しながら階段《かいだん》を上って、教室の前で別れた。一組と四組。

光、明るくなりましたよね。ちゃんと顔を上げてしゃべれていますし。

小学校のときに光をいじめていた子たちが全員別の私立の学校に行って、本当に良かったですよ。

翌翌週《よくよくしゅう》の月曜の朝。

前日の大雨が嘘《うそ》のような秋のド快晴。

先週は鈴理《すずり》に何度もトイレに連《つ》れ込《こ》まれ、「日曜日に彗様《すい》に会えると思う？」「なにを着て行ったらいいと思う？」「なんて話しかけたらいいの？」「高校生からは中学生ってどのくらい子どもに見えると思う？」なんてしつこく何度も相談を受けていました。でも、実際は相談じゃありません。鈴理が一方的にしゃべっていて、それに相づちを打つだけですよ。

朝の教室に眠《ねむ》そうな目をした鈴理が現れると、わたしはさっそく声をかけました。結果を聞いてあげるのも礼儀《れいぎ》かなと思って。

「きのうはお礼を言えたの？　爆弾《ばくだん》低気圧の雨、すごかったよね？」

鈴理は猫《ねこ》のようなあくび。

「雨？　あ、そういえば降《ふ》ってたっけ」

「降ってたっけって……、うちの前の坂、滝《たき》みたいに水が流れて、お向かいの家の半地下の駐車場《ちゅうしゃじょう》が水没《すいぼつ》しそうになってて家族総出のバケツリレーで水の掻《か》き出《だ》しをやっていて大変そうだったよ」

「坂？　この街に坂なんてあるの？　どこも平らじゃない」

「鈴理の家のほうは平らなのかもしれないけど、うちのほうは坂があるよ。川のほうに向かって急な坂になってるじゃない」

「川なんてあった？」

「あるでしょう。毎年打ち上げ花火をやってるじゃない」

「ああ、あれ、川でやってたんだ。ディズニーランドみたいなのが来てるんだと思っていた」

いったいどんな生活をしてこの街で十二年間生きてきたんですか？　ディズニーランドみたいなのが来てるってなんですか？　お城《しろ》が花火大会を連れて飛んでくると思ってるのですかね？

それにしてもこのぼんやり具合、現実逃避《げんじつとうひ》としか思えませんよ。

「近藤彗《こんどう》って人には会えなかったの？　あの雨じゃ仕方がないよね」

「会ったよ。そのせいでドキドキが止まらなくなって朝まで眠れなくて……いますごく眠いよ月《つき》ちゃん」

「どうだった？　ふつうの人だった？」

「待たせてごめんって、わたしの前でひざまずいたの。きみのために全力で走ってきたんだ。絶対に会わなきゃって思って、って真剣《しんけん》な目で……」

不自然すぎます。妄想《もうそう》、入ってるのですかね。

「ケータイ番号教えてもらえた？」

「彗《すい》様のスマホが雨に濡《ぬ》れて完全に壊《こわ》れちゃってて、直るまで待っててって言われたの。家の電話の番号を教えてもらった。わたしも家の番号教えて」

「イエデンか。まあ、無難《ぶなん》だね。でも会えたのならよかったね。鈴理《すずり》がすごく楽しみにしていたから、どうだったのかなって心配してたんだ。あの手紙に少しだけ関わった責任《せきにん》もあるし」

「彗様が、ね………」

「彗様がなに？」

「…………」

うっとりしています。小説に出てくる「恍惚《こうこつ》の顔」って、こういう顔のことを言うのですかね。

放っときますか。わたしの役目は終わりました。なにかあれば、光《ひかり》が教えてくれますよね。

もめごとは秘《ひ》めごと

山西達之

電話をかけるべきか、否《いな》か。

昼休みの教室で、近藤《こんどう》の悩《なや》みをテキトーに聞きながら、ぼくはいらいらしていた。

朝から頭痛《ずつう》がしている。

もちろん顔は笑っていたけど。

「大雨でスマホが壊《こわ》れたのは痛《いた》い。それに家の電話って、使いにくいよな。向こうもそうだから、かけにくいんだよ」

相手は、近藤に一方的に憧《あこが》れている中学一年生の女の子。

「なにか用事があるわけでもないんだろう?」

「ない」

「かけてほしいと言われたわけでも、かけると約束したわけでもないんだろう?」

「ない」

「どうしても声が聴《き》きたいって思っているわけじゃないんだろう」

「ない」

「じゃあ、かけなくていいんじゃないの?」

「そういうもんか? なんで鈴理《すずり》たんはおれに電話番号を教えたんだ?」

「教えたかったからだろう」

ううう、と近藤は両手で頭をわしわしもんだ。

「でもそれって、それってさ、山西《やまにし》ちゃん。鈴理たんはおれに電話をしてほしいからじゃないのか?」

「だろうな。でも、なにか用事があるわけでもないんだろう?」

「ない」

「じゃあ、かけなくていいんじゃないの？」

「そうなのか？」

「かけたかったら、かければいいし」

「用もないのに？」

ああ、しつこいよ。好きにすればいいじゃないか。この三、四日、同じ話ばかりだ。

「問題は、近藤《こんどう》がどうしたいかだよ。妹の同学年の子なんだろう？」

「妹に殺されたくはないけど、だからって冷たくしたら鈴理《すずり》たんが可哀想《かわいそう》だろ。鈴理たんが光《ひかり》たんの友だちだったらよかったのになあ」

「近藤は本気で中学生と付き合いたいと思っているのか？　友だちになりたいのか？下手にその子と関わったら、相手に期待させてしまうんじゃない？」

「そこが問題だよな。友だちはないよな。だからさ、もしも付き合ったとして、中学一年生にしてもいいのは、おでこにチューくらい？」

「なんだそれは。二年になったら変わるのか？」

「ほっぺにチューかな。三年になったら……鼻の頭かな」

「なんで鼻に行く」

「だって、相手は子どもなんだし。恥《は》ずかしいじゃん」

おいおい。

「おれ山西《やまにし》ちゃんとちがってピュアボーイなの。おれ、まだ責任《せきにん》とれない。だって唇《くちびる》にチュッてしたら、すぐその次もしたくなるだろ。しばらくは我慢《がまん》できるだろうけど、ここまで許《ゆる》してくれるんならもっといろいろさせてくれてもいいよねって思うだろ。したいもん。そうなったらおれ、止める自信ない。それで相手が中学生っていうんじゃ、おれが変態《へんたい》みたいじゃん」

「じゃあほっとけよ」

「でもさ、鈴理たんはおれに電話をしてほしいんじゃないのか？」

「未練たらたらだな」

「ただ単に一人の女の子の気持ちを傷《きず》つけたくないだけなのさ。おれの優《やさ》しさが山西ちゃんにはわからんのか。おれはどうしたらいいんだ！　あああ、おれはふつうに彼《かの》女《じょ》が欲《ほ》しいんだ！　うわあああ……」

勝手にやってろ。

「ちょっと山西《やまにし》、顔貸してほしいんだけど」

ぼくの後ろから湯川夏海《ゆかわなつみ》が来ていたのに気付かなかった。怖《こわ》い顔をしている。未莉亜《みりあ》があのことをしゃべったか。

「あっ、夏海。おれはどうしたらいいんだ？　電話をするべきかしないでおくべきか、板挟《いたばさ》みなんだよ」

「近藤《こんどう》は単にスケベなだけでしょ」

相変わらずバッサリいくなあ。

「近藤が鈴理《すずり》たんを気に入ってるなら、高校生になるまで待てばいいだけでしょ？」

「三年も待てというのか。そのときおれは予定通りなら東大生か京大生だ。最高学府の学生が高校生と付き合うってどうなの？　それはそれでなんかやばくない？」

「だったら、高校卒業まで待てば」

「っていうと、おれは六年も待ち続けなくてはならないのか！　無理、どう考えても無理。一流大学に入ったらモテまくってじゃんじゃん女の子が群《むら》がってくるんだからな」

「その話、鈴理たんにしてあげたらいいじゃない。ま、あっちだって、気まぐれか一時の気の迷いかもしれないし。で、山西どうする？　ここで話してもあたしはかまわないんだけど」

「ああ、行くよ」

夏海、怒《おこ》っているな。どこまで知っているのかな。

「なになに？　二人でどこ行くの？　そういやきのうも今日も、未莉亜はどうしたん？」

近藤が話に入るとややこしくなる。ぼくはいつものように爽《さわ》やかなナイスガイの演《えん》技《ぎ》で言った。

「頼《たの》まれごと。じゃ、続きは後で」

近藤には話したことはないが、ぼくは未莉亜をもう何度も抱《だ》いている。

未莉亜にとって付き合うということは、男に抱かれることだった。とくに断《ことわ》る理由もなく、ぼくたちはすんなり結びついた。彼女《かのじょ》がそれを望んでいるのだ。

話しやすい場所を探《さが》して廊下《ろうか》を歩きながら、夏海《なつみ》はぼくに言った。

「あたしさ、山西《やまにし》のこと、すごくいい人だと思ってたんだよね」

「過去形？」

「過去形」

「昔からよく過去形で言われる。好きでした、とか」

「だろうね。思い出ならきれいでいいよね」

ぼくが歩くと、たいていの女の子はぼくに目を向ける。どこへ行くの？　だれと話しているの？　どうしていつもかっこいいの？　そんな興味の目が向けられる。二人だけで話せる場所なんて、校内でそう簡単《かんたん》に見つかるはずがない。

「夏休みのときに、あれっと思ってたんだ。あの子に自傷癖《じしょうへき》があるのは知ってたから」

夏海は移動しながら話をする作戦のようだ。

「だから自分でしたのかもって思って、訊《き》かなかったんだけど」

未莉亜《みりあ》のことを言っているのはわかっていた。でも、ぼくはすっとぼける。

「階段《かいだん》上るの、かったるくね？」

上の階へ行こうとした夏海が足を止める。

「じゃあ下に行く?」

「ここでいいよ。ここで話そう」

「ここで?」

夏海の目が不安げに泳ぐ。

ここは利用者の多い階段で、立ち止まって長話をするには適さない。

さっそくほかの生徒が「じゃまだなあ」という顔をして大げさに避《よ》けて通っていく。

「ちゃんと話したいの」

「なにを?　ぼくと未莉亜のことを?」

「未莉亜のこと、好きなんだよね?」

「まあ、好きじゃなきゃ付き合わないよね」

「じゃあなんで……殴《なぐ》ったりするの?」

自信なさげな小声になった。でも、「あたし、知ってるんだから!」って、ぼくへの不信感が目に出ている。爬《は》虫類《ちゅうるい》みたいなデカ目のコンタクトで感情がわかりにくいけど、体から発する戸惑《とまど》いや不安は伝わってきた。

「未莉亜《みりあ》が言ったの？」

「あの子はなにも言ってない」

「じゃあ、誤解《ごかい》なんじゃない？」

ぼくがそんな悪いやつに見えるの？　うん？

そんな優《やさ》しい顔をする。

「誤解ならいいと思ってたよ。でも、でもさ、なんか、おかしなことがありすぎるよ。きのうも今日も、なんで休んでいるの？」

「風邪《かぜ》じゃないかな。まだ確認《かくにん》してないけど」

「そう言ってた。でも、顔とか目立つとこなんかに傷《きず》があるのを人に見られたくないからじゃないかな。未莉亜の顔を見ないと心配だから、今日撮《と》ったのがわかる自撮《じど》りの写メ送ってって頼《たの》んでも、ノーメイクだからとかごまかして送ってこないんだよ」

ぼくは呆《あき》れた。

「女子ってそんなこと、いつもしてるの？」

「いつもはしないよ。先週、未莉亜が頭に怪我《けが》をしていたから、心配になったんだよ」

「お風呂場《ふろば》ですべってタオル掛《か》けに打ち付けてちょっと切れたって言っていたやつ？ 小さな傷だったじゃないか」

「だよね。あと、手首に近い手の甲にシャープペンかなにかの先でちっちゃくハート形に刺《さ》した痕《あと》が……最初はキスマークを絆創膏《ばんそうこう》で隠《かく》してるのかと思ったんだけど」

「ぼくがやったと？」

「自分で描《か》いたのなら右利きの未莉亜は左の甲に描くよね。ハートの向きも違《ちが》うだろうなって思う」

「シャープペンを刺されたら痛《いた》いよ。人にやられたらふつう逃《に》げるんじゃない？」

「未莉亜がやったっていうのなら、未莉亜がやったのかもしれない。でも、春の頃《ころ》に見た自傷《じしょう》の傷と最近のは全然違う。思い返してみると、頭に怪我をする前には、ひざを擦《す》りむいていたでしょう。引きずられたみたいに」

「女子ってそういうのも見せっこするの？ ええとリストカットっていうやつ」

「ち、ちがうってば。友だちになったばかりの頃《ころ》、偶然《ぐうぜん》切り傷《きず》を見たんだけど、そういうの知らなくて、すごくショックだったから、いろいろ自分で調べて……」

「意外と勉強家なんだ？　友だち思いなんだね、夏海《なつみ》って」

平然と切り返すぼくに、夏海は動揺《どうよう》している。でも、大きな声で笑いながら階段《かいだん》を上ってきた四、五人の女子の姿《すがた》が上の階に見えなくなると、また気持ちを立て直してきた。

「未莉亜《みりあ》には傷ついてほしくないの。山西《やまにし》は未莉亜の彼氏《かれし》だし、近藤《こんどう》の友だちだし、あたしにとっても友だちだから、ホントにホントは、疑《うたが》うことはしたくないよ。でも、後悔《こうかい》しても、嫌《きら》われることになっても言っておく。あたし、山西を疑っているから。友だちだけど、疑っているから。だって無関係なら知ってることをわざととぼけたりしないでしょ？」

ぼくは反応を返さない。表情もおだやかなまま固定する。夏海が不安を覚えはじめるのを待ってから、ゆっくり答える。

「ぼくはどういうリアクションをしたらいいのかな……怒《おこ》ったほうがいい？」

「変なこと言ってごめん。嫌っているわけじゃなくて、たぶん、心配してる。どっちも友だちだから、すごく心配してる。友だちだから、言いたかった。山西ってホントにいい人っぽいよね。こういうときも怒らないで話をちゃんと聞いてくれるんだもん」

「まあ、こんな場所だし」

男の先輩《せんぱい》二人がぼくたちをじろじろ見ながら階段を下りていった。別れ話でもしていると思ったんだろうか。

「もういっこ聞いて。あたしね、変だなと思ったときの写真をほとんど撮《と》ってあるの。自撮《じど》りしてるふりして未莉亜にはばれないようにしてさ。被害《ひがい》に遭《あ》ったら証拠《しょうこ》や記録を残すようにってネットに書いてあったから。間違《まちが》って消しても、ケータイ失《な》くしても大丈夫《だいじょうぶ》なように、その画像は別のところにもコピーして保存してある。だからさ、こんど未莉亜に変な怪我《けが》や傷があったら、それを見せて他の人にも相談しようと思う。保健の先生とか、親とか、あまりにも酷《ひど》かったら警察《けいさつ》とかにも話してみるから。もしどれも未莉亜自身がやったんだとしたら、それはそれで、その、メンタルな治療《ちりょう》が必要なのかもしれないし……」

夏海《なつみ》はそう言いながら、ほんの少し震《ふる》えていた。派手《はで》な外見こそ自分の価値《かち》のすべてと主張しているようなメイクを毎日してくるこの女の子は、親友を守るために、勇気を振《ふ》り絞《しぼ》ってぼくに言うのだ。

「わかった。言ってくれてありがとう」

ぼくはさわやかに微笑《ほほえ》む。

もちろん、内心ではとてつもなく不愉快《ふゆかい》だ。このおせっかいな女の子の友情を壊《こわ》すことなんて、簡単《かんたん》なことだろう。

だけど、ぼくは、ぼくたちは、夏海と友だちでよかったのかな……とも思うのだ。

ぼくは未莉亜《みりあ》を傷《きず》つけている。

でも未莉亜だってぼくを壊そうとしている。

そして、ぼくは未莉亜に壊されていくことに惹《ひ》かれている。ぼくの「いい人」の仮面の下のどす黒いものを、ぼく自身が見たくてたまらないから。

ぼくらは結びついてはいけない、最悪で、最高な組み合わせだった。

末莉亜は自傷《じしょう》の代わりに、ぼくを利用しているだけだろう。
名探偵《めいたんてい》の夏海でも、まだそこまでは気づいていない。

お星様

松木鈴理

家の電話が鳴りだすとき、わたしは事件《じけん》の香《かお》りを察知する。

うちのファクシミリ付き電話機は鳴る前に一瞬《いっしゅん》小さく息を吸《す》う。だからプルルッの前には「あ、電話」って気づくのだ。そして、その一瞬の呼吸《こきゅう》が大きければ大きいほど、たいてい何かが起こる前触《まえぶ》れ。

夏休みが始まる前のあの日も、わたしは家の電話がすううぅっと息を吸《す》い込《こ》む気配に気づいていた。

仕事から帰宅したママが、お惣菜屋《そうざいや》さんのパックをテーブルにのせて、「お皿に移して」とわたしに言ったとき、電話が息を吐《は》き出《だ》した。

プルルルルッ

「あら、この時間に珍《めずら》しい」

ママが電話に出る。話の様子から、相手は近所に住むおばあちゃんらしい。

「え？　ひいおじいちゃんが自転車で？　どのぐらいの怪《け》我《が》だったの？　まあ……なんてことなの。警察《けいさつ》には来てもらったの？　どこの病院？」

ひいおじいちゃんが事故に遭《あ》った！

その第一報を聞いたとき、わたしの頭の中にはテレビドラマで見たように、集中治《ち》療室《りょうしつ》で苦しそうにうなされてわたしの名前を呼《よ》んでいるひいおじいちゃんの姿《すがた》が浮《う》かんだ。昭二郎《しょうじろう》おじいちゃんは八十一歳《さい》で、見た目はかなり痩《や》せている。

「行かないと！」

受話器を押《お》さえてママは言った。

「どこへ？」

「び、病院！」

「なんで？」

「なんでって……ひいおじいちゃんが死んじゃうよ！」

「鈴理《すずり》はまったく……。だれも死なないわよ。後で説明するから、おかずをお皿に移してちょうだい」

「なんで？　なんで？　ママひどい！　ママはそうやっていつも昔からおばあちゃんにもひいおじいちゃんにも冷たく――」

「静かにしなさい。まだ電話中よ。から揚《あ》げを先に食べててもいいから」

ママに相手にされず、どうにもできず、しかたなくパックを開けてから揚げをひとつつまんで食べて待つ。

お醤油《しょうゆ》ベースの鶏《とり》のうまみが揚げ油の香《こう》ばしさと一緒《いっしょ》に幸せの塊《かたまり》となってわたしの口にじゅわっと広がる。ああ、やっぱ、から揚げは美味《おい》しいなあ。いまが永遠に続けばいいのに。

「さてと……鈴理？」

電話を終えたママがわたしに向き直る。

「一パック全部食べちゃったの？」

「あれ？　二、三個は食べたけど、へんだな。見た感じより、ちょっとしか入ってなかったんだよ」

ママが呆《あき》れている。

「わかったわ。パパとママの今晩《こんばん》のおかずはなしね。ダイエットできてよかったわ」

責《せ》められてムッとした。ママが食べていいって言ったくせに。

「ママ、こんなときにダイエットの話？　ひいおじいちゃんは大丈夫《だいじょうぶ》なの？　さっきの電話、おばあちゃんからで、ひいおじいちゃんが事故《じこ》に遭《あ》ったって連絡《れんらく》でしょう？」

「ひいおじいちゃんが事故を起こしたのよ。自転車で怪我《けが》をさせて入院させてしまったらしいの」

「自転車で怪我って？　ひいおじいちゃんの自転車って、いつもイライラするほど超《ちょう》安全運転だよ。相手だって、ちゃちゃっとよければいいだけなのに、なんでそれにぶつかるの」

「ひいおじいちゃんが転倒《てんとう》しそうになったとき、相手が自転車を支えようとして、バランスを崩《くず》して下敷《したじ》きになったらしいの。いつもより荷物が多かったんですって。お じいちゃんはぴんぴんしているのに、相手の方は骨折ですって。打ち所が悪かったのね、お気の毒に」

「でも、ひいおじいちゃんはどこも怪我《けが》をしなかったの？　ちょっとくらい擦《す》りむいたりしたんじゃないの？　それがきっかけで病気になったらどうしよう。ひいおじいちゃん、死んじゃうかもしれない。なんか心配で、なんか胸《むね》がいっぱいで、なんかむかむかしてきた」

「それはから揚《あ》げの食べ過ぎじゃないの。一人で五百グラムも食べればむかむかするわよ」

「ママはひいおじいちゃんのことが心配じゃないの？」

「念のために主治医さんに見てもらったら、頭も打ってないし、異常《いじょう》なしって言われたって。それでね、おばあちゃんが明日、ひいおじいちゃんと一緒《いっしょ》にお相手の方のお見舞《みま》いに行ってくるって。鈴理《すずり》も行く？」

「なんで？　ひいおじいちゃんが入院したわけじゃないんでしょ？　わたし、関係ないもん」

その日の話はそこで終わった。わたしはまだ運命の出会いに気づいていなかったのだ。

でも、あの電話は何かが起こる前触《まえぶ》れというわたしの予感は、外《はず》れてはいなかった。だって、ひいおじいちゃんのおかげで、近藤彗《こんどうすい》様という素敵《すてき》な方を知ることができたのだから。

あとでおばあちゃんから話を聞いて、わたしは思った。彗様が身を挺《てい》してひいおじいちゃんの自転車の下敷きになって、ひいおじいちゃんの命を救ってくれたのだ、と。

彗様がいなかったら、ひいおじいちゃんは頭を打って死んでしまったかもしれない。もしかしたら首の骨を折って死んでしまったかもしれない。もしかしたら足の骨折くらいで済《す》んだかもしれないけど、それが原因《げんいん》で寝《ね》たきりになって生きる希望を失《な》くして死んでしまったかもしれない。

そう、彗様は、わたしのひいおじいちゃんの命を救ってくれたヒーローなのだ。

日が経《た》つにつれてどんな人かだんだん気になって、おばあちゃんから話を聞いているうち、これはもう絶対に自分で会わなきゃって思ったのだ。

わたしたちは出会うべくして出会ったんだ、とわたしは信じる……。


そして。

九月になって、わたしは正式に近藤彗様《こんどうすい》とお近づきになることができた。

近藤彗様に我《わ》が家《や》の電話番号を教えてからというもの、わたしは家から離《はな》れられなくなった。

放課後はすぐに帰ってきて、留守電に彗様の声が残されていないか確認《かくにん》した。お風《ふ》呂《ろ》やトイレに入っているときも、気が気でなかった。

おばあちゃんやママの妹の奈々《なな》おばさんとママが長電話しているときにはイライラしていた。

だっていままさに彗様がわたしの家に電話をかけているかもしれない。話し中で電話に出られなかったら、彗様に失礼だもの！　うちはキャッチホンをつけてない。ママは自分のケータイを持っているくせに、それは仕事用だと言って家ではほとんど使わないのだ。自分ばっかりズルい。

「さいきん鈴理《すずり》がケータイ欲《ほ》しいってうるさくなってねえ」

と、夕食後にだらだらしゃべっているママの周りを、犬のようにうろうろする。わざとチラッチラッと時計を見る。三分経《た》った。もう少しで五分経ちそう。

「ママ、長電話はよくないよ。近いんだから、話があるなら会いに行けばいいじゃない」

「もう、うちのお嬢《じょう》さんは用もないのに目の前をうろうろしてめざわりね。部屋に行ってなさい」

追《お》い払《はら》われて、涙《なみだ》が出た。なにを言っても電話をやめてくれない。

ママはひどい。ママはわたしに意地悪。

部屋に持ち込んだ子機の液晶《えきしょう》にはずっと使用中の文字が浮《う》かんでいる。勉強なんて手につかない。

彗様はいまごろなにをしているのだろう。

あの日から五日も経つのに、まだ電話をしてくれない。

それとも、わたしからかけてくるのを待っているのだろうか。

子機に向かって、切れろ、切れろと念を送り続ける。

あ、切れた！　液晶《えきしょう》の使用中の文字が消えた。ママの長電話が終わったのだ。

よし。勇気を出して、彗《すい》様に電話をしてみよう。

でも、この時間で大丈夫《だいじょうぶ》かな。もしかしたら塾《じゅく》に行っているかもしれない。高校生だからバイトをしているかもしれない。もしかしたらお風呂《ふろ》かも……きゃっ、そんなの想像しちゃいけないってば。ばかばか、鈴理《すずり》のエッチ。

えっと、もし電話をかけたとして、家の電話に彗様が出るとは限《かぎ》らないよね。お母様の可能性もあるかもしれない。もし怖《こわ》い人だったら？　厳《きび》しい人だったら？　今後のことを考えたら、ご両親にへんな印象を持たれてしまったらいけないと思う。

四組の妹さんに用事がある振《ふ》りをすればいいのかな。お母様が出たら、光《ひかり》さんにかわってもらって、彗様の様子を聞くとか。

でも、光さんはわたしと仲良くしてくれるかな。わたしは一人っ子だから感覚がわからないけど、光さんにしてみたら「わたしのお兄ちゃんをとらないで」って密《ひそ》かに警戒《けいかい》しているかもしれない。こんなことなら先に光さんに学校で挨拶《あいさつ》をして、様子見しておくんだった。

どうしよう。月《つき》ちゃんに電話をして、月ちゃんから光ちゃんがわたしを怒《おこ》ってないかどうか確認《かくにん》してって頼《たの》めないかな。

でも月ちゃんって、わたしに好きな人ができたって知ってから、ちょっとクールになった気がする。もしかしたら親友のわたしの気持ちが別の人に向いてしまって寂《さび》しいと思っているのかもしれない。月ちゃんに相談したら、すこし焼きもちを焼かれてしまうのかな。月ちゃんは優《やさ》しい子だから絶対協力してくれると思うんだけど、月ちゃんにあんまり寂《さび》しい思いをさせたくないよ。

ああ、親友と恋人《こいびと》と恋人の家族との板挟《いたばさ》みで、胸《むね》が苦しい。わたしったら、どうしたらいいの!

そのとき、子機がプルルッと鳴りだした。

あんまりびっくりしたものだから床《ゆか》に落としてしまった。

もしかして、彗様!?

違《ちが》う。液晶《えきしょう》表示はおばあちゃんの番号だった。がっかり。

「もしもし？」

『鈴理《すずり》かい？　大変なのよ、少し前からロジャーの様子がおかしくて』

ロジャーはおばあちゃんが飼《か》っているコーギー犬だ。小学校低学年までは時々一緒《いっしょ》に遊んでいたけど、だんだんノリが悪くなって寝《ね》ていることが増えて、最近はおばあちゃんちに行っても挨拶《あいさつ》をする程度《ていど》。

「また変なものでも食べたんじゃないの」

『最近はもうずいぶん足が弱っていて、拾い食いなんてする気力はないのよ。お母さんに替《か》わってちょうだい』

「長電話はしないでよ？」

ママに電話をつなぐ。

一分もしないで電話は終わった。

「鈴理、ママはこれから車を出しておばあちゃんと一緒にロジャーを動物病院に連れていくけど、一緒に来る？」

「えー、なんで？　こんな時間にわざわざ？」

「ロジャーはもう歳《とし》なの。いつお別れになるかわからないから」

「別に今日死ぬわけじゃないでしょ？　歳なのはずっと前からじゃん。わたしが行ってもしょうがないでしょう？」

ママは何か言いかけてきゅっと唇《くちびる》を引いた。そして外出用のバッグをつかむとなんの感情も込《こ》めずにわたしに言った。

「留守番お願いね。パパにはママから連絡《れんらく》しておくから」

「はあい」

だってわたしは、一秒だって電話のそばから離《はな》れたくない。

彗《すい》様とつながっていられるのは、家の電話だけなんだから。

彗様が今まさにわたしに電話をかけようとしているかもしれないんだから。

その翌日《よくじつ》、ロジャーはお星様になってしまった。

悪者はどこだ

斉藤美希

夏海《なつみ》が山西達之《やまにしたつゆき》と二人で廊下《ろうか》を歩いていくのを見かけた。きのうも今日も未莉亜《みりあ》が休んでいるから、気兼《きが》ねなく山西と話ができると思っていたのに、山西は休み時間のたびに近藤《こんどう》と長く話し込《こ》んでいるし、わたしのほうも人に呼《よ》ばれたり話しかけられたりで、なかなか接近できなかった。

昼休みがチャンスと思っていたのに。

九月の席替《せきが》えで席が離《はな》れてしまったあたりから、山西にはほとんど話しかけられてない。

今日話しかけないで、いつ話しかけるわけ?

美希《みき》、がんばれ! と自分に声援《せいえん》を送る。

後をつけていったと思われないよう三、四秒の時差を作ってゆったりと山西の後を追う。一緒《いっしょ》にいるのが夏海だったら、途中《とちゅう》で話に加わっても嫌《いや》な顔をしないだろう。わたしたちは同じ中学出身で、同じバレー部にいた。いまはわたしだけが高校でもバレーを続けているわけだけど、夏海は夏海で充実《じゅうじつ》しているふうだ。あの見事な茶髪《ちゃぱつ》にカラコン。バレー部にはありえない。夏海はバレーを続けることよりも、見た目を変えるほうを選んだ。

山西と夏海は階段《かいだん》へ向かったようだ。上か、下か。見失わないよう早歩きになる。でも、角でわわっと足を止めて、二人から見えないように壁《かべ》に背中《せなか》をつけた。

まさか階段の踊《おど》り場《ば》の真ん中で立ち止まっていたなんて。

なんだかもめてる?

まずいな、山西に話しかけにくくなった。

そのとき、わたしの目の前をすっと寺崎誠也《てらさきせいや》が通っていった。バスケ部の大男なんだけど普段《ふだん》の立《た》ち振《ふ》る舞《ま》いは静かだ。

廊下《ろうか》を一緒《いっしょ》にもどりながら訊《き》いた。

「寺崎《てらさき》、どこに行ってきたの？」

「学校祭の始末書を出してきた」

九月一週目の土日は学校祭だった。

「もう三週間以上前だよ？　いまごろ始末書なんて、なに？」

わたしたちのクラスは「昭和レトロ縁日《えんにち》」をやった。わたしも寺崎と実行委員をしていて、いま思い出そうとしても学校祭の前後の記憶《きおく》がないくらい忙《いそが》しくて、気づいたら終わっていた感じ。本当に大変だった。

楽しかったかと訊かれたら楽しかったのだろうけど、来年は気ままに楽しむ側に回りたい。

「電気飴《あめ》の実験をしたときに、できたわたあめを裏《うら》で販売したやつがいたらしくて」

「一年は模擬店《もぎてん》や飲食販売は禁止ってみんなに話したよね。だれが売ったの？　近藤《こんどう》たち？」

「いや、ほかのやつ。部の先輩《せんぱい》からそそのかされてカツアゲ同然で売りつけたらしい。先輩が面白《おもしろ》がってその動画をネットで公開したから、巡《めぐ》り巡ってほかの保護者がそれを見て学校に苦情が来たらしくて。電気飴の実験はうちのクラスだけだったから、あっという間に特定」

「そういう始末書はやった本人が書くべきじゃないの？」

「考えてみればそうだな。金は返したし謝罪《しゃざい》したって言うし、ま、おれが書いたほうが早いからいいよ。担任《たんにん》はとにかく文書を出せばいいって感じだったし」

教室についた。

入学以来わたしと仲よくしてきた沢井恵《さわいけい》は、席に座《すわ》って勉強していた。高校生のうちに海外留学をすると目標を決めてから、休み時間はイヤホンでずっと英語の例文教材を聞いている。

「そうだ、恵のオーケストラ部の秋の定演には行けそう？」

「同じ時間に他校との練習試合が入ってしまった。沢井には悪いことをしたな」

「試合なら仕方がないか。あのさ、恵っていい子だよ。すごく真面目《まじめ》で」

「知ってる」

寺崎《てらさき》はなぜわざわざ言うのかという顔をする。

「伸《の》び代《しろ》もいっぱいあると思う」

「ないと困《こま》るだろ」

夏休み前、寺崎に好きな人がいるか聞いたとき、クラスの女子の中だったら「斉藤《さいとう》さんとなら付き合ってもいい」と面と向かって言われたことがある。理由は、わたしには「伸び代」があるせいらしい。

でも、わたしは寺崎をクラスメイト以上には思えない。寺崎のほうもわたしに告白したつもりではないらしい。クラスの女子の中でと限定した仮定の話だから。

寺崎はいまどきの高校生とは思えない発想で、将来《しょうらい》の人生設計まで考慮《こうりょ》して結婚《けっこん》を前提とした交際相手を選ぶことを是《ぜ》としている。体格《たいかく》に恵《めぐ》まれ素行《そこう》も良くて人望もあり、意外なところでは読書が趣味《しゅみ》というスポーツマン。文武両道の完璧《かんぺき》な高校生。と思っていた寺崎は、わたしの予想だにしなかったところで恋愛観《れんあいかん》や人生観がちょっとだけズレてる。

「沢井《さわい》はずいぶん勉強を頑張《がんば》ってるな」

「頑張りすぎかもしれない。だからわたし、このところ昼休みに一人でいるよ。他の子とまざってしゃべるときもあるけど、なんだか恵《けい》に悪くて」

「義理立《ぎりだ》てすることもないだろう」

「もしかしたら、わたしの知らないことで、わたしに怒《おこ》っているのかな。寺崎、訊《き》いてきてよ」

わたしは寺崎の背中《せなか》を恵のほうに押《お》した。

恵は寺崎のことが中学時代から好きだったらしい。高校で偶然《ぐうぜん》同じクラスになって、春先はかなり意識をしていたように思う。だけど、一学期が終わるころには、寺崎の視界《しかい》の中に自分がほとんど入っていないことに気づいてしまったようなのだ。

それに前後して、わたしは夏海《なつみ》から、寺崎が好きだと打ち明けられ、協力を持ちかけられた。元親友の夏海か一途《いちず》な恵か、どちらの味方をするべきか、わたしは悩《なや》み、胃が痛《いた》くなるほどだったというのに、当の寺崎はどちらにも関心がない。

寺崎は恵の机《つくえ》のほうへ数歩進んだ後、困《こま》った顔でわたしを見た。わたしは「よろしくっ」と身振《みぶ》りで示して教室からまた出て行く。

そろそろ、夏海《なつみ》と山西《やまにし》の話は終わっているかもしれない。

階段《かいだん》のほうに向かう。

未莉亜《みりあ》に邪魔《じゃま》されない日くらい、山西としゃべりたい。

夏休み前に付き合いだした二人が、いまも続いていることはわかっている。

わたしが山西を好きな気持ちも変わらなかった。

わたしはつらい恋《こい》をしている。

わたしはずるくてきたなくてどろっとした片思いを続けている。奪《うば》えるものなら奪ってもいいと思っているし、二番目でもいい。あとのことなんて、他の人のことなんてどうでもいい。いまはただ、山西が好きだというどうしようもない強い衝動《しょうどう》だけに、自分が支配され動かされているのを感じている。

他人事《ひとごと》だったら、「みっともないからやめなよ」って止めていることなのに、自分を止められない。

悪役でもいいから、山西の人生に関わりたい。そう思ってしまうわたしは、恋愛《れんあい》に関しては見境《みさかい》がないタイプだったのか、と十六になろうという秋に初めて気づく。

自分の弱さが怖《こわ》い。

恋愛ドラマの登場人物だったらダメな女の一例として笑いの対象にすらしていただろうに、自分のすることは全部正当化できてしまうのだから不思議。

未莉亜みたいに普段《ふだん》から暗くてつんつんしている冷たい女の子は、爽《さわ》やかで人柄《ひとがら》のいい人気者の山西にはふさわしくない。同情じゃないの？　山西は女子に優《やさ》しいところがあるから。そこを突《つ》かれたとしか思えない。

負けるな、美希《みき》！

五七五で、「はきはきと　元気がいいね！　斉藤美希《さいとうみき》」字余り。

「あれえ、どうしたの、こんなところで」

目につく茶髪《ちゃぱつ》の夏海の後《うし》ろ姿《すがた》を見つけて、ちょっと大げさに声をあげた。

まずった。もうそこに山西はいない。偶然《ぐうぜん》を装《よそお》って話しかけようと思っていたのに。

「あ、美希か……てへへ」

夏海がなぜか苦笑いを浮《う》かべた。

なんだろう。と思ったら、この子、泣いていたみたいだ。目の下のアイラインがにじみ始めている。なんで？　山西《やまにし》となにを話していたの？

「ちょっと情緒《じょうちょ》不安定」

「ケンカでもした？」

「大切な人がいて、その人を守るためだったら、他の人から嫌《きら》われてもいいって思うことっておかしいのかな？」

夏海《なつみ》の言葉にドキッとした。

「えっと、まあ、そういうこともあるんじゃないの」

「本当は、みんなで仲良くしたいんだけど」

「うん、だよね」

「もしもあたしの誤解《ごかい》だったら、取り返しのつかないことをしたかもしれない」

二人でなにを話していたのか知りたい。

「わたしでよければ相談に乗るよ？」

「ありがと。美希《みき》ってホントにいいやつ。優《やさ》しいし、いつも元気で明るくて、気持ちが強くて、芯《しん》がしっかり通っていてさ。なんで同い年なのにあたしとは全然違《ちが》うんだろうって、前からすごいなあって思ってたんだけど……」

「えええっ、マジでぇ？　褒《ほ》めても何にも出ないよ」

「美希のことならあたし、いっぱい褒められるよ！」

夏海は相変わらず性格《せいかく》がかわいい。染髪《せんぱつ》や濃《こ》いメイクさえしなければ、見た目で損をせずにみんなに気づいてもらえたのに、本人はそのことをわかっていない。高校生の男の子なんて、たいていが黒髪《くろかみ》の健康的なナチュラルメイクのほうが好きなのに、夏海はどこを目指しているんだか。

「メイク、直してくる」

わたしは夏海についていく。女子トイレについていくなんて、小学生以来。

「大丈夫《だいじょうぶ》なの？　相談に乗るよ」

「前にさ、変なお願いしちゃったけど……」

夏海は言いよどんだ。そしてトイレ内に他の利用者がいないか確《たし》かめる。

「美希に悪かったなあと思って」

なんの話？　寺崎《てらさき》と付き合えるように協力してってやつか。

「美希《みき》の友だちの沢井《さわい》さん、寺崎くんが好きだよね、って山西《やまにし》に言われるまで、あたし全然気づかなかった。だから、美希は困《こま》ってたんだろうなって」

山西がそんなことを言ったのか。

恵《けい》はわかりやすい。いつも寺崎を目で追っていた。最近は少なくなってきたけれど。

「わたしたちってあんまり恋《こい》バナとかしないから、恵はわたしになにも言わない。でも、他の人にもそう見えるんだね。夏海《なつみ》のことも恵のことも、わたしは応援《おうえん》していたつもり。結局、選ぶのは寺崎だし」

恵はクラスで一番仲の良い友だちだけど、べたべたしない。お互《たが》いの心には立ち入らないのが暗黙《あんもく》のルール。

「山西が前に言ってたんだけど、寺崎くんには美希のほうが似合《にあ》うって」

「な、なんでわたしなの。っていうか、山西は夏海の気持ちを知っててそんなことを言ったの？」

「違《ちが》うよ。前に沢井さんが、オケ部の夏の定期演奏会《えんそうかい》に美希と一緒《いっしょ》に来てって山西にお願いしたらしいの」

「なにそれ？　わたしそんなこと恵に頼《たの》んでないよ？」

「山西は未莉亜《みりあ》と付き合ってるでしょ？　だからそのとき、美希なら寺崎くんのほうが似合《にあ》うって言ったんだって。そうしたら、沢井さんが動揺《どうよう》していたって。まずいこと言ったかなーって、山西が話してたから」

「夏海たちって普段《ふだん》そんな話をしているの？」

「してないよ。そのときはたまたま。沢井さんが山西に話しかけてきたのって珍《めずら》しいから、山西には印象に残っていたみたい」

「わたしのことは何か言ってた？」

「ううん。美希の話は山西から聞いたことがないよ」

「そう……」

それはいいことなのか、悪いことなのか、夏海の話しぶりからはわからない。夏海はわたしの気持ちをまだ知らないみたいだ。

山西が未莉亜と付き合っていると知った後に、わたしは未莉亜の前で山西に抱《だ》き付っいたことがある。

そのとき未莉亜《みりあ》は怒《おこ》ることもなく、「こいつが好きだったんでしょ？　でも、あきらめな」とわたしにさらっと言った。

未莉亜は夏海《なつみ》にその事件のことを話さなかったのか。

それってわたしに関心がないから？　わたしをライバルと思っていないから？　それとも、夏海がわたしの元親友と知って、わたしの醜態《しゅうたい》を黙《だま》ってくれている？　未莉亜はわたしをどう思っているの？

「夏海は……未莉亜と一緒《いっしょ》にいて楽しい？」

鏡の中の夏海と目が合った。

「うん。すごく大切な友だちだと思う。もちろん美希《みき》も大切な友だちだけど……」

茶髪《ちゃぱつ》の夏海にそんなことを言われるとは思わなかった。意外と気をつかう子だったんだ。

夏海のメイク直しが完了した。うちの学校では少数派の、いわゆるギャルの顔。

「あたし、強くなろう」

と夏海が言った。

「十分強いと思うけど」

とわたしは返す。入学早々茶髪にがっつりギャルメイクで登校して、教室で明らかに浮《う》いているとわかっていてもそのスタイルをずっと貫《つらぬ》いている。そんなのは、神経《しんけい》が図太くなきゃできない。

「美希に言わなきゃって、ずっと思っていたの。あたし、まだ寺崎《てらさき》くんのこと、いいなと思っているけれど、美希が寺崎くんと付き合うことになっても、あたしはいいよ。美希とだったらいいと思う。積極的に協力する気持ちにはまだなれないけど、そういうことになっても、相手が美希ならあきらめがつくかなあって……」

なにを言うのか。

誤解《ごかい》だ。大誤解。

と同時に、「なんか、めんどくさーい」と思った。

寺崎誠也《せいや》なんてはっきりいってどうでもいい。

わたしが好きなのは山西達之《やまにしたつゆき》で、あんたのいけ好かない親友が付き合っている男だ、と言えるものなら言ってしまいたかった。

言わなかったのは、わが身がかわいいから。自分にどろどろした部分があるなんてだれにも知られたくはない。

斉藤美希《さいとうみき》は元気で明るい女の子。元親友の夏海《なつみ》の前でも、ずっといい人の顔をしていたい。

美希、ファイト！

わたしはわざとケラケラ笑って夏海に返す。

「夏海ったら。そんな心配しなくていいよ。わたしはバレー部のことで頭がいっぱい。まだまだ色気より食い気だしぃ！」

美希、ナイスブロック！

プレミアムな夜

近藤彗

「お兄ちゃんのバカバカーッ！」

風呂《ふろ》に入ろうと思っていたところで、妹の雄《お》たけびが聞こえた。

「そんな大声で言わなくたって、みんなバカだって知ってるよ」

なんだおかん、そのさめた言い方は。

「お母さん、お風呂から出たら食べようと思っていたアイスがぬわあああいいい！　自分のお小遣《こづか》いで買ったいいやつだったのに」

「大声で言わなくたって聞こえるってば」

「アイスの蓋《ふた》にちゃんとわたしの名前を書いておいたのにぃ、ひどおい！　お兄ちゃんのヴアカーッ！」

おかんはため息をついてじろりとおれを見た。

「すぐ買ってきてやんなさい」

もうパンツ一丁なのに。

「中学生にもなって、アイスくらいで泣くかね」

「高校生にもなって、妹のアイスを食べるかね」

あれば食べるだろ、ふつう。

仕方なく、脱《ぬ》いだ服を着なおす。

「金は？」

「自分で出しなさい。光《ひかり》がお小遣《こづか》いで買ったんだってよ」

「くそ。お子様がプレミアムなやつなんか買うなよ。セレブのつもりか。おい、光たん。アレはそんなにうまくなかったぞ。おれは小遣いからスマホの修理代を払《はら》わにゃならん。クーリッシュか爽《そう》でいいか」

「おんなじの買ってこい、このゴミカスがぁーっ！」

「光、汚《きたな》い言葉をつかわない」

やれやれ。

お兄様に甘《あま》ったれるのもいい加減《かげん》にしたまえ、妹よ。

家を出る直前、妹が駆《か》け寄《よ》ってきた。なんだよ、やっぱりそうか、お兄様が好きなのか。ツンデレするならアイスを買う金をくれ。

「ねえ。外に変なのがいても、関わらないほうがいいよ。これ、忠告」

「はあ？　当たり前だろう」

なにを心配しているのか。おれは玄関《げんかん》ドアを細く開け、渋《しぶ》い俳優《はいゆう》が言葉を残してショットバーから立ち去るように言った。

「カツアゲされても余分な金なんて持ってない。そのときはアイスをあきらめな」

「百万発ボコられても買って来い！」

愛情の裏返《うらがえ》しだとしても、口が悪すぎる。これでは彼氏《かれし》もできるまい。いつまでもお兄ちゃんが恋人《こいびと》だからいいのってわけにもいかないんだよ、光たん。

道に出る。

念のためにそれとなく周囲を見回したが、普段《ふだん》と変わりない。

そもそも、おれのかっこいいスーパーヘアーを見れば、カツアゲしようなんて思うやつはいない。五か月ほど前にブリーチして真っ白に染《そ》めたときは、一躍《いちやく》人気者になった。しかし何度目かの散髪《さんぱつ》で、白い部分はかなり減って、こんな髪《かみ》をしているやつは日本広しといえどなかなかいない。

おれは発明王になる男だ。独創的《どくそうてき》でなくてどうする。

時間が惜《お》しい。妹の使いッパなどしていたら勉強時間が減るではないか。

しかし万有引力の法則を発見したニュートンは庭仕事をしているときにリンゴが落ちるのを見てひらめきを得た。

古代ギリシャのアルキメデスだって、風呂《ふろ》に入っているときに金の純度《じゅんど》を調べるための測定法を発見してエウレカと叫《さけ》んだ。

妹のアイスを買いにコンビニに行っている最中に、おれにひらめきが訪《おとず》れないとは限らない。プレミアムなひらめきが。

将来《しょうらい》、ノーベル賞の授賞式《じゅしょうしき》で語れるように、このサタデーナイトのにおいを心にとどめておこう。

夜中のコンビニで、妹のためにプレミアムなアイスを一個だけ買うおれ。立ち読みの誘惑《ゆうわく》にも負けず、溶《と》けださないうちに帰る。どこかのだれかが、そんな優《やさ》しいおれに恋心《こいごころ》を持つかもしれないし。

路地を曲がればあとはまっすぐというところまできたとき、とつぜん何者かがおれの前に飛び出してきた。

七月に骨折《こっせつ》をしたときの恐怖《きょうふ》がよみがえり、「わああっ！」と声を出してしまった。跳《と》びのけた場所がもう少しずれていたら、蓋《ふた》のない側溝《そっこう》に足を突《つ》っ込《こ》むところだった。

「キャッ」

ワンテンポ遅《おく》れて女の子の悲鳴が小さく聞こえた。しかし楽しげだ。

「こ、こんばんは、彗様《すいさま》」

だれ？

暗闇《くらやみ》で相手の顔を見つめる。

横を通った自動車のヘッドライトに、子どもの顔が一瞬《いっしゅん》はっきりと見えた。

おれを自転車で骨折《こっせつ》させたじいさんのひ孫の松木鈴理《まつきすずり》たん？

そういえばこんな顔だった。たぶんこんな顔だった。

会うのが三度目だというのに、なぜかどうしても覚えられない。どこにでもいる子どもの顔にしか思えない。

手紙を読んだときには、あんなにドキドキそわそわして舞《ま》い上《あ》がっていたのに、生身に会うとなぜかまったくときめきがない。女の子というより、妹の同学年の子にしか見えない。

「中学生の女の子がこんな時間にこんなところに一人でいて大丈夫《だいじょうぶ》なの？　うちの妹、外に変なのがいるって警戒《けいかい》していたんだけど」

「変なのが？　わたし、三十分くらい前からずっとこの道にいたんですけど、変わった人は見かけませんでしたよ」

「なんでずっとこの道にいたの？　家も学校の方向も、違《ちが》うよね」

「えっとですね、会いたい人がいたので、もしかしたら会えるかもって思って、ちょっと夜の散歩をしていたんです。そうしたら彗《すい》様が出てきて、さっき声をかけようとしたんだけど、驚《おどろ》いてとっさに植えこみに隠《かく》れてしまって、緊張《きんちょう》して声を出せなくて、それできっとすぐ戻《もど》ってくるだろうと思って待っていたんです。あの、えっと、なんだか怖《こわ》いですね、変なのがいるなんて」

「ああ、いや、まあ多分……だいたい正体はわかったから心配ない。妹の勘違《かんちが》いだ」

さすがのおれも察した。変なのの正体は鈴理たん、あなたです。でも言ったらあとで妹が困《こま》る。おれが半殺しにされる。

「気を付けて帰ってね、松木さん」

「はい」

鈴理たんは、返事をしたもののその場から動かない。

「もう行かないと」

「はい」

帰りたくないのだろうか。夜道に一人放っておいていいものか、おれは迷った。

「そこのコンビニで妹のアイスを買って来たんだ」

「はい」

「すぐ帰らないと溶《と》けるよ」

「はい」

「溶けたら困《こま》る。アイスだから」

「そうですね」

「ふつうのじゃなくて、プレミアムなアイスだから」

「はい」

秋の気配を感じる気候になったとはいえ、溶ける物は溶ける。

「帰って、風呂《ふろ》に入って勉強しないと」

「はい」

もしも溶けていたら、光《ひかり》たんはもう一個買って来いとおれに激怒《げきど》するに決まっている。妹の大暴れには慣《な》れているけど、勉強の邪魔《じゃま》をされるのは困るのだ。なんてったって、おれは東大に行く男なのだから。

「もしかして、おれになにか用があった？」

「はい」

そう来たか。早くしてくれ。

すると鈴理《すずり》たんが、名子役のように、突然《とつぜん》ぽろぽろ大粒《おおつぶ》の涙《なみだ》をこぼして泣き出した。

「彗《すい》様。ロジャーが……ロジャーが死んじゃいました」

ロジャーって、だれ？　海賊王《かいぞくおう》か？

なぜおれに話す。

おれはアイスを持っているんだよ。家で光たんが待っているんだよ。

「そうか。それは残念だった。ところで松木《まつき》さんには将来《しょうらい》の夢がある？」

鈴理たんは涙を拭《ふ》く……ふりをした。わざと涙の痕《あと》を拭かないように、違《ちが》うところをこすっているとしか思えない。故意《こい》でないなら、皮膚《ひふ》感覚がないのか？

鼻水垂《た》らさず、目だけでよく泣けるな。光たんとは鼻の構造が違うのかな。

「夢？　なんだろう……こう見えて、わりと現実《げんじつ》主義者なんですよ、わたしって。でも、絶対に幸せにはなりたいです」

「おれは東大に行くつもりなんだ。発明家になって特許《とっきょ》をたくさん取って、たぶんノーベル賞もとる。そういう男なんだ。だから、毎日けっこう忙《いそが》しい」

「はい！　さすが彗《すい》様です」

「実はいまこうやっている時間も惜《お》しいんだよ。ゆっくり話を聞く余裕《よゆう》がなくて悪いんだけど。アイスも溶《と》けるし」

「わかりました。ではわたしもノーベル賞受賞者の妻《つま》として恥《は》じないよう勉強を頑張《がんば》ります。おやすみなさい、彗様」

鈴理《すずり》たんはくるっと回れ右をすると広い道路のほうへ走っていった。

なんか変なことを言われた気がするが、とにかくアイスが先だ。

帰宅して妹に袋《ふくろ》ごと渡《わた》すときに言ってみた。

「ロジャーが死んだって」

「は？　だれそれ？」

光《ひかり》たんも知らないらしい。じゃあいいか。

「変なのいなかった？」

郵 便 は が き

おそれいりますが
切手を
お貼りください

102-8519

東京都千代田区麹町4-2-6　9F
株式会社ポプラ社
児童書事業局
児童編集第一部　行

お買い上げありがとうございます。この本についてのご感想をおよせください。
また、弊社に対するご意見、ご希望などもお待ちしております。

フリガナ お名前		男・女	歳
ご住所	〒　都道府県		
お電話番号			
E-mail			
ご職業	1.保育園　2.幼稚園　3.小学1年　4.小学2年　5.小学3年　6.小学4年　7.小学5年　8.小学6年　9.学生(中学)　10.学生(高校)　11.学生(大学)　12.学生(専門学校)　13.パートアルバイト　14.会社員　15.教員　16.専業主婦(主夫)　17.その他(　　)		

※いただいたおたよりは、よりよい出版物、製品、サービスをつくるための参考にさせていただきます。
※ご記入いただいた個人情報は、刊行物・イベントなどのご案内ほか、お客様サービスの向上やマーケティング目的のために個人を特定しない統計情報の形で利用させていただきます。
※ポプラ社の個人情報の取り扱いについては、ポプラ社ホームページ (www.poplar.co.jp) 内プライバシーポリシーをご確認ください。

本のタイトル	

■この本を何でお知りになりましたか？

1.書店店頭　2.新聞広告　3.電車内や駅の広告　4.テレビ番組
5.新聞・雑誌の記事　6.ネットの記事・動画　7.友人のクチコミ・SNS
8.ポプラ社ホームページや公式SNS　9.学校の図書室や図書館
10.読み聞かせ会やお話会　11.その他（　　　　　　　　　　　　）

■この本をお選びになったのはどなたですか？

1.ご本人　2.お母さん　3.お父さん　4.その他（　　　　　　　　　　）

■この本を買われた理由を教えてください

1.タイトル・表紙が気に入ったから　2.内容が気に入ったから
3.好きな作家・著者だから　4.好きなシリーズだから　5.店頭でPOPなどを見て
6.広告を見て　7.テレビや記事を見て　8.SNSなどクチコミを見て
9.その他（　　　　　　　　　　　　）

カバーについて　（とても良い・良い・ふつう・悪い・とても悪い）
イラストについて　（とても良い・良い・ふつう・悪い・とても悪い）
内容について　（とても良い・良い・ふつう・悪い・とても悪い）

■その他、この本に対するご意見

■今後どのような作家の作品を読みたいですか？

◆ご感想を広告やホームページなど、書籍のPRに使わせていただいてもよろしいですか？

1.実名で可　2.匿名で可（　　　　　　　　　　　　）　3.不可

ご記入いただき、ありがとうございます。今後の出版の参考にさせていただきます。

「変なの……かどうかわからないけど、松木《まつき》さんがいたよ。でも帰った。ノーベル賞受賞者の妻として勉強を頑張るとか言って……」

言いながら、はっとする。

なにぃ、妻だと？

それってまさか、もしかして、おれと結婚《けっこん》するつもりってことだろうか。

お嬢《じょう》さん、勘違《かんちが》いはいけないよ。おれと結婚したい女性は世界中にいるんだから。

そもそも、まだ付き合ってもいない。

「なあ、光たんは、同学年の松木さんのことお義姉《ねえ》さんって呼《よ》べるか？」

「はあ？　なに寝《ね》ごと言ってるの。冗談《じょうだん》じゃないよ」

「だよなあ……いま、おれは妹の愛を感じた。お兄ちゃんのことはだれにも渡さないんだからーっ」

光たんはスプーンをくわえてアイスの蓋《ふた》をあけながら、容赦《ようしゃ》なくおれに蹴《け》りを入れた。

どーなる、おれの将来《しょうらい》。

現実的な夢の地平

寺崎誠也

「もしかしたら、わたしの知らないことで、わたしに怒《おこ》っているのかな。寺崎《てらさき》、訊《き》いてきてよ」

斉藤《さいとう》美希《みき》に背中《せなか》を押《お》されて、おれは惰性《だせい》で沢井《さわい》恵《けい》の席のほうに二、三歩歩いて、足を止めた。

なぜおれが斉藤と沢井のもめごとの間に立たなくてはならないのか。いったいなにを訊いたらいいというのか。

男同士のトラブルなら、仲裁《ちゅうさい》に駆《か》り出《だ》されることもあった。話を聞いていくうちに頭に上った血が冷えてくれれば、どちらも怒《いか》りを収めるものだ。まあたいていは単純《たんじゅん》な理由で、ただ相手が気に入らないということもあるが……。

しかし斉藤と沢井の場合はべたべたした友情でくっついた暑苦しい親友同士ではなく、相手を尊重《そんちょう》して距離《きょり》を保っているように見える。そして、女子だ。わざわざ男のおれが関わる必要があるのだろうか？

昼休みだというのに、沢井は席につき、授業とは別の英会話の本を広げてイヤホンを聞きながらメモを取っている。

沢井とは同じ中学だった。おとなしめで、読書好きの真面目《まじめ》な女の子だとは知っていたけど、がり勉という印象ではなかった。いま沢井は、なにかに追い立てられているように必死に机《つくえ》に向かっていた。斉藤が心配するのはよくわかる。

同意したつもりはないが、斉藤に頼《たの》まれた以上、なにもしないでいるのは良くない。

だが、話しかけにくい。

イヤホンをして英会話の聞き取りをしている相手に、どのタイミングで声をかけたらいいのか。

シャープペンの先が、すーっと英文を追っていく。時折スラッシュを入れたり抑揚《よくよう》か何かのしるしを書きこんでいく。沢井恵《さわいけい》の集中力は鬼気迫《ききせま》る。オーケストラ部に所属しているのだ。指揮者《しきしゃ》を見て、音を合わせ、集中力は養われているのだろう。

沢井がはっと顔をあげた。

おれが席の前に立ったから、気配を察知したのだ。

「えっ、イヤッ」

沢井は小さく悲鳴をあげて、逃《に》げるように椅子《いす》から立ち上がる。そして脱兎《だっと》のごとく走り去った。

あんまりなリアクションだ。傷《きず》ついた。おれは嫌《きら》われているんだろうか。

偶然《ぐうぜん》、教室の後方にいた近藤彗《こんどうすい》と目が合った。

近藤はいったんおれから視線《しせん》をそらし、無関心を装《よそお》う下手な演技《えんぎ》でぶらぶら近寄ってきた。そうして、すれ違《ちが》いながらおれの腕《うで》を軽くポンポンと叩《たた》いていった。

近藤に慰《なぐさ》められた……。

軽くショックだ。もしも近藤でなく山西《やまにし》だったら軽い冗談《じょうだん》で済《す》ませただろう。独特でやかましくていつも微妙《びみょう》な立ち位置にいるひょうきん者の近藤から同情される筋合《すじあ》いはない。

そして、そんな近藤に慰められたくらいでショックを受けた自分に人間の小ささを感じて、気分が一気にさがる。

おれは差別主義者か。いつの間にクラスメイトを格付《かくづ》けするようになったんだ？

そんな下劣《げれつ》な人間なら沢井に逃《に》げられても仕方があるまい。

昼休みはいつもなら体育館で体を動かしている。今日は職員室で用事があったから、時間が中途半端《ちゅうとはんぱ》だ。いまから行っても使えるボールは残ってないだろうが、気晴らしに見物でもするか。

廊下《ろうか》に出ると、沢井がいた。

また悲鳴をあげられたらたまらない。なるべく遠回りをしていこうとすると、「ごめん」と声をかけられた。

「驚《おどろ》いただけなの。逃げたみたいで失礼だったよね、ごめん」

先輩《せんぱい》の前の下級生のように、もじもじしながら言われた。

「驚《おどろ》かせたおれも悪い。声かけるタイミングがわからなかったんだ。ちょっと訊《き》きたいことがあって」

えっという顔をされた。おれが沢井《さわい》に話があるってことが間違《まちが》ったことであるかのように意外そうな顔。

「斉藤《さいとう》となにかケンカしてるの？　避《さ》けてるというほどでもなさそうだけど。さいきん別々にいることが多いから、なんとなく」

「そんなふうに見える？」

沢井の目にほんのり表れていた期待感が消えていった。おれの話にがっかりしたのか。

「ケンカをしているわけじゃないし、美希《みき》とは友だちだよ？　ただ、わたしがいろいろ忙《いそが》しくなったから……ちょっと待って。いま気持ちを整理する」

壁際《かべぎわ》に立った沢井は、うつむき加減になって黙想《もくそう》するように目を瞑《つぶ》った。通行人の邪魔《じゃま》にならないよう、おれもすぐとなりの壁際に立つ。女子が以前話題にして騒《さわ》いでいた「壁ドン」ができそうな距離《きょり》だな。と思ったので、目をあけたときに驚かせないようそうっと一歩離《はな》れた。

「よし」と言うと沢井はまっすぐに顔をあげ、おれのほうを見ないで小さな声で話しだした。

「言うって決めたから言うね。自分の中の思いがぐちゃぐちゃになってる。わたしはイイ子じゃないいんだって思う。嫉妬《しっと》したり憎《にく》らしいと思ったり嫌《いや》な目に遭《あ》えばいいのにって考えたりしている。友だちだから大切に思うのに、たまに大嫌《だいきら》いだと思うときがある。さっき寺崎《てらさき》くんの口から名前が出たときもそうだった。僻《ひが》んでいるのかもしれない。友だちなら、応援《おうえん》してあげなきゃいけないと思うのに。そんなこと、ぐじぐじ考えて、本当に自分が嫌になる。だから変わりたい。変わりたいから勉強することにしたのね。えっと意味わかんなかったらごめん」

確《たし》かに意味はわからない。しかし、なにやらたまっていたんだな、とは思う。沢井がこんなふうに思いを語るところなんて見たことがなかった。

「いいよ、続けて。おれでよければ」

「寺崎くんには一番知られたくないことだけど、知っておいてほしいことでもある。

ずっと、言えなかったから、ぶっちゃけトークだと思って聞いてね。中学のとき、寺《てら》崎《さき》くんと一緒《いっしょ》にきれいな一番星を見た。放課後の図書委員の帰り」

「そういえば、そんなことがあったかもな」

夕暮《ゆうぐ》れの明るい星なんて珍《めずら》しくもないが、話を合わせた。

「あのときから、わたしもだれかの一番星になれたらいいのにって、いつも思ってた。だから、嫌《きら》いな自分のままここにいるんじゃなくて、別のところ……外国に行って自分を変えてみたいと思う。そのために突然《とつぜん》、英会話の勉強をはじめたの。いつまで続くかわからないけど。留学させてもらうよう親を説得するためには成績を上げるしかないから。受験勉強が嫌《いや》で夢の世界に逃《に》げてるわけじゃないって、わかってもらわないといけないし。それで自分が精《せい》いっぱいになれば他人を僻《ひが》んだりする余地《よち》もなくなるじゃない？」

「沢井《さわい》さんは本当に真面目《まじめ》だなあ」

おれの言葉に、沢井は恥《は》じ入《い》るような心底情けない顔をした。ＮＧワードだったのか。

「いい意味の真面目だよ」

「いい意味でも悪い意味でも、真面目とかふつうって言葉以外で自分を言い表してもらえる人になりたい」

「ああ、それはわかるかも」

「美希《みき》に探《さぐ》るように頼《たの》まれたんでしょう？」

「いや、探れと言われたわけではないが」

「ちゃんと美希にも話したいんだけど、誤解《ごかい》されたくなかったから。わたしたち、普《ふ》段《だん》からあんまり感情的な話をしないから、ふわっとしていたかったんだよね。だからふわっを壊《こわ》さないように、忙《いそが》しくしてるのかもしれない。友だちならケンカするつもりで向き合ったほうがいいのかもしれないけど、ケンカの後で仲直りをしても、一度壊れたふわっの関係は元のふわっにはもどらないような気がする。だから男子から見たら変かもしれないけど、今はこういうやり方しかできない。ごめんね、寺崎くんに間に入ってもらっちゃって」

「いいや、大丈夫《だいじょうぶ》だよ。詳《くわ》しい事情はわからないが、斉藤《さいとう》さんにはいいように伝えておくから。あっちもわかってくれるだろう。将来《しょうらい》のことはだれだって悩《なや》むよ」

目が合ったら、沢井《さわい》の顔がぶわーっと赤くなっていった。

「変なことを言ってごめんね。なんだか恥《は》ずかしくなってきた。すごいおしゃべり。寺崎《てらさき》くんの前でこんなにしゃべったのって初めてだよね。きっとわたし今夜、眠《ねむ》れないよ」

「勉強に根《こん》を詰《つ》めすぎなんだよ」

「ちがうよ、寺崎くんと話せたからだよ」

沢井が恥ずかしそうに両手で顔面を覆《おお》う。

「ごめん、膝《ひざ》が震《ふる》えてしばらく歩けないから、寺崎くん先にどっか行って」

どっか行ってってって……。違《ちが》う言い方もあるだろうに。

少し立ち話をしたくらいで膝が震えるなんて、もっと足腰《あしこし》を鍛《きた》えたほうがいいんじゃないか?

体育館に向かいながら、ふと考える。

沢井はだれの一番星になりたいんだろう。

色恋《いろこい》に無関係そうな真面目《まじめ》でおとなしい沢井でも、そんなことを考えるんだな。

おれもそうだった。

中学のときは、図書室の先生に憧《あこが》れていた。そのときはわからなかったのだが、三年間図書委員を続けていたのは今思うと密《ひそ》かに惚《ほ》れていたんだと思う。

高校に入って、サトユナが心の恋人《こいびと》となった。朝の番組で星占《ほしうらな》いを読み上げる女子アナだ。

しかしその女子アナに心酔《しんすい》していたことは今では黒歴史になっている。聡明《そうめい》な女神と信じていたが、週刊誌《しゅうかんし》に記事が出るようなふしだらな女だったのだ。真相がどうであれ、ゴシップ記事が出たことがおれは許《ゆる》せない。

火のないところに煙《けむり》は立たないという。煙に見えたものが砂埃《すなぼこり》だったという可能性《かのうせい》だって世の中にはあるけれど、女神なら砂埃が立つようなところにもいてはいけないのだ。

体育館は予想通り、先客でいっぱいだった。そこは基本的に早い者勝ちだ。ボールも、空《あ》いたスペースもない。

いつも自分がいた場所に三年の先輩《せんぱい》が二人いた。

そうか、あそこに自分がいなければ先輩たちがバスケットゴールを自由に使えたんだな、と思う。先輩風を吹《ふ》かして割《わ》り込《こ》んでくることもできたはずなのに、ずっとおれに譲《ゆず》ってくれていたのか。

教室から自分の席がなくなっていた夢でもみたときのような、そんな怖《こわ》さをじわじわ感じて、体育館の外に出た。

「あっ、いた。寺崎《てらさき》くん」

同じクラスの湯川夏海《ゆかわなつみ》だ。いつも仮面《かめん》のような化粧《けしょう》をしている。湯川と話をすることはあまりなかった。避《さ》けるつもりはないが、接点がないのだ。個人的なことをいえば、学校に派手《はで》な化粧をしてくる子は苦手だ。

「なにか用?」

「特に用事はないんだけど、向こうの窓《まど》から一人で歩いていくのが見えたから、どこに行くのかなって」

「昼休みは体育館にいることが多いよ」

「ふうん。ちょっと話してもいい？」

断《ことわ》る理由がないので「ああ」と答えた。

「高校一年の男の子が中学一年の女の子と付き合うってどう思う？　寺崎くんは付き合える？」

「近藤《こんどう》のこと？」

「知ってたんだ？」

「あれだけ教室で騒《さわ》いでいたら聞こえてくるよ。少し前までは湯川さんのことが好きだって宣言《せんげん》していたのに、コロッと変わったなって」

湯川はぷぷっと噴《ふ》き出《だ》して笑い出した。

「だよねー、あはは」

湯川の軽い口調と大げさな身振《みぶ》りは、いかにもいまどきの女子高校生だなと思う。

こういう女の子を好きになるやつの気持ちもわからなくはない。

だが、おれは年上が好きだ。
二、三歳《さい》より五、六歳、いや十歳以上お姉さんに憧《あこが》れる。華《はな》やかさと清潔《せいけつ》さと賢《かしこ》さを持った、安易《あんい》に人に依存《いぞん》しない自立した女性だ。しかしそのことを人に話したことはない。

「おじさんおばさんになってからの三歳《さい》差ならそんなに気にならないかもしれない。ただ、高校生と中学生とで話が合うのか、自分としては疑問《ぎもん》の余地《よち》はある」

「話が合えばいいのかな」

「愛情のほかにパートナーとして対等な関係性を保っているか、というのも交際する上では重要かもしれない。人として尊重《そんちょう》しあえて、違《ちが》いを受け入れあえるかどうか」

だからおれは、そんな相手から選ばれる男になるという将来《しょうらい》のために、勉強し、よく本を読み、体を鍛《きた》えている。

湯川《ゆかわ》は考えを飲《の》み込《こ》むように、モウセンゴケという食虫植物のようなつけまつげのビッグアイをぱちぱちさせた。

「やっぱ寺崎《てらさき》くんは頭がいいから難《むずか》しいことまで考えているんだね。じゃあね、好きな女の子を叩《たた》いたり傷《きず》つけたりしたいと思うことってある?」

「ないよ」

相手を傷つけることは自分を傷つけることと同じだ。それが愛する相手であればあるほど、自分が傷《きず》つくのだと思う。昔から、好きな女の子をいじめる男の気持ちはわからない。なぜそんなことをおれに訊《き》くのか。

「なにかあったん？」

湯川はぱーっと明るい作り笑顔をして否定《ひてい》した。

「ううん、ありがとう。寺崎くんとちゃんと話をしてみたかったんだ。いま思ったんだけど、寺崎くんってさ、美希《みき》と雰囲気《ふんいき》が似《に》てるよね。あたし中学んとき、美希とすっごい仲良かったんだ。美希も寺崎くんもまっすぐで背骨《せぼね》がしっかり通っている感じなんだ。あたし、それで寺崎くんが気になったのかなぁ。そうか。そうなのかも。そういえばイカの背骨って見たことある？」

「あるけど……あれは骨じゃなくて甲《こう》っていうらしい。一本、透明《とうめい》なんだろ？」

なぜ唐突《とうとつ》にイカの話が出てくるのか、一瞬フリーズしてしまった。

「そう、クリスタルみたいにきれいなのがすーっと一本通ってる感じ！　ごつごつしてないのに中心にこれだっていう自分を持っているっていうか。それにね、泳いでるイカってかっこいいんだよ。むかし、水族館で見たんだ。お父さんとお母さんとで……」

湯川《ゆかわ》は急にトーンダウンし、瞳《ひとみ》をうるうるさせた。

「急に懐《なつ》かしいこと思い出しちゃった。家族三人で一緒《いっしょ》に出かけた数少ない記憶《きおく》……子はかすがいって死語だよね……なんてね。あのときの写真、お母さん、どうしたのかな……。なんかやだ。興奮《こうふん》して変なことまで言っちゃった。けっこう勇気出して話しかけたから。やっぱ相手はしっかり見極めないとね。好きだけじゃ続かないよね。そうだ、今度ひとりで水族館行ってイカ観《み》て、二人に似ているか確《たし》かめてこよう。じゃあね。寺崎《てらさき》くんには幸せになってほしい。がんばって」

予想外に急展開《きゅうてんかい》していく話についていけず、こちらはなにを応援《おうえん》されたのかわからない状態《じょうたい》なのだが、湯川は手を振《ふ》って笑顔で走り去っていった。虹《にじ》を連れた気まぐれな通り雨みたいに。

時間つぶしに使われたのか。

まあ、こんな日もある。

こぼれたしずく

日下月乃

「えっ、付き合ってもいないのに、妻《つま》になるって言ってたの!?」
「ノーベル賞受賞者の妻として勉強頑張《がんば》るって言ったって。うちの兄貴《あにき》も頭おかしいほうだけど、松木《まつき》さん、大丈夫《だいじょうぶ》なのかな。もちろん兄貴の聞き間違《まちが》いかもしれないけど」
月曜の朝、下駄箱《げたばこ》のところで会った近藤光《こんどうひかり》から、金曜の夜に起きたという出来事を聞いて驚《おどろ》きましたよ。
夜中に家の近くまで来てうろうろしていたというのだから、警察《けいさつ》に通報されたっておかしくないです。鈴理《すずり》のしていることってストーカーじゃないんですか。

「それからさ、うちのイエデン、ナンバーディスプレイつけてるから、電話に出なくてもかかってきた番号が残るんだよ。なにか用件があるなら電話しても構《かま》わないんだけど、出る前に切れるか出た瞬間《しゅんかん》に切れてなにも言わないの、ホントにやめてほしい。ゆうべ、わたしが電話に出たらまた無言で切れて、ムカッとしたからうちの電話機の取説《とりせつ》をネットで探《さが》して、これまでの着信履歴《りれき》の出し方を覚えて一覧《いちらん》を出してみた。そしたら同じ番号が一日に二、三回ペースで記録が残っていたの」

「それってもしかしたら……」

「そのとおり。松木《まつき》さんの家の番号と同じってわかってから、能天気な兄貴《あにき》もさすがにビビりだして、絶対にかけ直したくないし電話にも出たくないって言うし」

「それは……怖《こわ》いよね」

「わたしから松木さんにやんわりとなにか言ったほうがいいと思う？　放っておいたほうがいいのかな、どうせストーカーの被害者《ひがいしゃ》は兄貴だし」

「じゃあわたしからそれとなく訊《き》いて、どういうつもりか探《さぐ》ってみようか？」

協力してほしいってことかと察して言ったんですけど、光《ひかり》は即座《そくざ》に否定《ひてい》です。

「ううん、ごめん。そういうつもりじゃない。巻《ま》き込《こ》むつもりはないし。ただ、日下《くさか》さんなら何か事情を知っているのかなって思って。友だちの悪口みたいに聞こえてたらごめん」

「別に友だちじゃ……友だちだけど、一応。でもああいう子だから、近藤《こんどう》さんのがごくふつうの反応じゃない？」

友だちじゃないと宣言《せんげん》してしまったら、面倒《めんどう》なことになるかもしれませんよね。だから言い直しです。広い意味では友だちだし。

「兄貴が困《こま》っているのを見るのは楽しいからいいんだ。ただうちの兄貴のせいで世間一般《いっぱん》の方々に迷惑《めいわく》がかかったら身内としても困るし、兄貴のことでなにか誤解《ごかい》をしているのであれば早く目を覚ましてもらったほうがいいような気がして。だって、うちらが中学一年生でいられるのって、今年だけだよ？　一度きりの十三歳《さい》をつまらないことに使ってたら、時間がもったいなくない？　もっと楽しいことをすればいいのにね」

ううん、鈴理《すずり》はだれよりも人生を楽しんでいると思いますよ。でもそのことは皮肉にしかならないので黙《だま》っておきます。

「近藤《こんどう》さんは毎日楽しい？」

「まあ、わりと楽しいよ。演劇部《えんげきぶ》があるし」

「そっか。じゃ、なにかわかったら連絡《れんらく》するね」

階段《かいだん》を上がったところで、クラスの違《ちが》う光《ひかり》と別れました。

「おはよう月《つき》ちゃん。聞いてほしいことがあるんだけど、ちょっといいかな」

席に鞄《かばん》を置くやいなや、鈴理に腕《うで》をひっぱられて女子トイレに連《つ》れ込《こ》まれそうに。

「待って、待って。トイレに監禁《かんきん》しなくてもちゃんと話は聞くよ？」

「ええー、でもー、人がいる教室じゃ話しにくいし」

「だれも聞いたりしないよ」

鈴理に興味を持っている子は、そんなにこの学校にいないんだから。

「そういえばもう電話はしたの？　鈴理のヒーローに」

鈴理はきゃーっと可愛《かわい》く悲鳴をあげながら、ヒーローだなんて月ちゃんいやだーと笑ってます。

「かけたくても、胸《むね》がいっぱいでかけられないよ。好きな人のおうちの電話番号をプッシュするとね、すっごくドキドキして、指が震《ふる》えるの。知ってた？」

「知らない」

「番号を押《お》し終えた途端《とたん》に、お願い、恥《は》ずかしいから出ないでぇーって思うの」

「じゃあなんでかけてんの」

迷惑《めいわく》している人がいるというのに。

「彗《すい》様からかけてほしいから、いつかわたしに気づいてくれるかなって思うんだけど……」

気づいて、ビビってますってば。

「そういうのってさ、実際に電話するより、気持ちだけで願っていたほうが効果があるんじゃない？　強い思いがあれば電話鳴らさなくても、むしろ鳴らさないほうが届《とど》くと思う」

「月ちゃんって、なんてロマンチストなの！　そっか、そうだよね。今日から実行してみる」

「あと、相手の家の近くにも行かないほうが、もっとパワーアップする気がする。実際の距離《きょり》が離《はな》れていたほうが、不思議な力って強くなる気がしない？　夫婦《ふうふ》とか、長く一緒《いっしょ》にいると嫌《いや》になっちゃったり無関心になったりするっていうでしょ」

「そうかも！　月《つき》ちゃん天才！」

「お役に立てれば幸いです」

話を終えて鈴理《すずり》から離れようとすると、また腕《うで》をつかまれた。

「待って月ちゃん。まだわたしの話を聞いてもらってないよ」

鈴理の話しか、いつもしてないですよね？

「あのね。いいぬいぐるみ屋さん知らない？」

「どんな感じのぬいぐるみ？」

「犬のぬいぐるみ。コーギーなの。ロジャーが死んじゃってから、おばあちゃんが落《お》ち込《こ》んで、毎日首輪とリードを見て泣いているみたいなの。もう、つけてあげられないのねって」

つまりロジャーとは、おばあさんのペットのことですか。

「だからね、ロジャーにそっくりなぬいぐるみをプレゼントしてあげたら、首輪とリードをつけてあげられるから元気が出るかなって。年を取ってから散歩にも行かなくて、ずっと生きてるのか死んでるのかわかんなかった感じだったから、ぬいぐるみならちょうどいいと思うし」

「それ、本気で思ってるの？」

わたし、びっくりですよ。

「本気だよ。おばあちゃんには元気でいてほしいもの。当たり前じゃない。わたし優《やさ》しーい」

鈴理は大切なものを失《な》くした経験《けいけん》がないのでしょうか。人の心には代わりのものでは埋《う》められないものがあるってことですよ。

「ロジャーっていつごろ亡《な》くなったの」

「四日前。ママから話を聞いたあと、気が付いたらわたし彗《すい》様のところにいて泣いていて、優《やさ》しく慰《なぐさ》めてもらってた。もう夜になっていたのに」

「彗《すい》様はロジャーのことを知ってたの？」

「たぶん知らないと思うけど……」

頭痛《ずつう》がしてきました。

光《ひかり》が心配するのはわかります。

「ぬいぐるみ屋さん、調べてみるよ。本物の首輪をつけられるようなリアルなやつだと値段《ねだん》は高いかもしれない」

「ありがとう月《つき》ちゃん。高かったらおばあちゃんにお金を出してもらう。それでね、彗様と一緒《いっしょ》にぬいぐるみを買いに行けたらいいなあって思うの。そしたら彗様、わたしに感動するよね。おばあちゃん思いで優《やさ》しいこの子と一生添《そ》い遂《と》げようって思うよね。記念すべき初デートにふさわしいでしょ」

「えっ、なにその筋書《すじが》き……」

「月ちゃんってホントに優しいね。わたしたち、大親友だね！」

違《ちが》うと言ったら面倒《めんどう》くさいことになります。でも、
違う！　違う!!　違う!!!

言葉が口から出て行けないから、頭の中が弁の詰《つ》まった圧力鍋《あつりょくなべ》みたいですよ。

優しいなんて、嘘《うそ》だから。

親友なんて欲《ほ》しくないです。とくに鈴理《すずり》みたいな子は、友だちがいなくてもそれに気づかずに十分やっていけるし、親友なんて必要ないですよね。

それに、親友がいなくなる経験《けいけん》なんて、一度だけで十分ですから。

わたし、その場に崩《くず》れるように、うずくまってしまいました。

爆発《ばくはつ》寸前の圧力鍋が、体の中から蒸気《じょうき》の抜《ぬ》け穴《あな》を探《さが》しだして、なんとなんと、涙腺《るいせん》からぴゅわわ……です。

「わー、月ちゃん、どうしたの？　お腹《なか》が痛《いた》いの？　ええっうそ、なんで泣いてるの？」

一人にしてほしい。放っておいてほしい。

でもわたしがかろうじて口にできたのは、まったく別の言葉です。

「鈴理が……可哀想《かわいそう》すぎて……」

「なんでなんでなんで？　そんなにおばあちゃんとロジャーのことを心配してくれた

の」

　もうそういうことでいいや。

　どうしても涙《なみだ》がこらえられなかったわたしは、学校で泣くなんて猛烈《もうれつ》に恥《は》ずかしいことなのに、そのまま思いっきり泣きじゃくることにしたのです。犬の死を悼《いた》むふりをして。

「うっ、うっ、ロジャー、可哀想《かわいそう》だね。もう会えないなんて、うっ、うっ、本当に、本当に悲しいね……」

　もしも愛犬の代わりがぬいぐるみに務まるのなら、親友の代わりだっていくらでも置《お》き換《か》えは可能ですよ。

　他人に迷惑《めいわく》をかけないためには、自分の心に迷惑をかけ続けなくてはいけないのと同じように、言葉に出ていくわたしの気持ちだって、置き換え可能ということですから。

夢オチ

近藤彗

はんだ付けの最中に、家の電話が鳴った。

ぞわっと鳥肌《とりはだ》が立つ。

あの子からだろうか。電話の呼《よ》び出《だ》し音ごときに、このおれが怯《おび》えてどうするんだ。

どうせ電話を取るか取らないかのうちに切れるのだ。

しかし、おれは出た。いつまでも鳴っていたし、しょぼいディスプレイに表示されたのが妹の番号だったからだ。

『やっと出た。お兄ちゃん遅《おそ》いぃー。はやくスマホ直しなよ』

修理代にあてる月末支給の十月分の小遣《こづか》いを待っているんだ。というおれの言葉を待たずに光《ひかり》たんはまくしたてた。

『今夜は友だちのうちに泊《と》まるってお母さんに言っといて。朝、着替《きが》えにもどるからなぬ？

「待て切るな。友だちって、ももしかして男じゃないだろうな」

『男のわけないでしょ』

「中学にケータイ持ってってるなら、なんでおかんに直接かけて言わないんだ？」

『お母さん、だめって言うじゃん。だからお兄ちゃんよろしく』

「よろしくない」

『お泊まり勉強会をするの』

「あのなあ、それはオールで遊ぶときのありがちな言《い》い訳《わけ》で、大人は信じない。もっと違《ちが》う理由を考えろ。それで直接おかんに言え」

「えー？」

不満げな声とともに通話が切れた。

兄らしく振《ふ》る舞《ま》えたことに、ほんの少しの満足感。

アイスでも食うか。妹の。

プレミアムでも大人のでもないアイスバーを一本食って、ふたたびはんだ付けの作業に取《と》り掛《か》かろうとすると、また電話が鳴った。

出る前に番号表示を確認《かくにん》。光たんだ。不満いっぱいの声がわっと受話器から出てくる。

『お母さんが、どんなに遅《おそ》くなってもいいから帰ってきなさいって。お兄ちゃんを迎《むか》えに行かせるからって』

おかん、おれに一言の相談もなく。兄はつらいよ。

「いいよ、迎えに行ってやるよ」

『わたし、泊まりたいんだけど。友だちのうちに一度泊まってみたかったのに』

「おかんの言うことは聞いとけ。帰ってこい。前もって泊まる日を決めておけば心配しないだろうが急だったからな」

『今日だから泊まりたかったのに……。あのさー、お兄ちゃんの好きだった人の名前ってなんだっけ。可愛《かわい》いって言ってたクラスの子』

「湯川夏海《ゆかわなつみ》か」

『そう、それだ。その子のこと言うね』

「えっ、だれに？　いまだれんちにいるんだ？」

『日下《くさか》さん。いい子なんだ。でも今日学校で泣いちゃって。そばにいてあげようと思って』

光《ひかり》たんは途中《とちゅう》で声をぐっと落とした。うう、ひそひそ声はおかんそっくり。将来《しょうらい》どんなおばちゃんになるか想像できてつらい。

「日下さんて人の名前を光たんから聞くのは初めてだよな。本当に友だちなのか？」

『やだもー、お母さんと同じこと訊《き》かないでよ。友だちなの。クラスも部活も違《ちが》うけど、友だちになったの。日下さん、いつもわたしに学校は楽しい？　って訊いてくれるけど、わたしからはまだ訊いてなかったなって急に思い出して……いろいろ話を始めたら止まらなくて。んじゃまた後でかける』

一方的に切られた。

かけ直したが出ない。なんで家の電話はメールが送れないいんだ。

やっぱ、おかんに土下座《どげざ》してでも小遣《こづか》い前借りしてスマホを修理に出そう。

そういえば、山西《やまにし》ちゃんにもしばらくメールを送ってない。スマホが水濡《ぬ》れしてなければ、未莉亜《みりあ》との恋《こい》のあれやこれやをもっとアドバイスしてやれたのに。

『必要なし』なんて、山西ちゃんはつれない返事をしてたけど、まさかもう、おれに無許可《むきょか》で全部のステージクリアか？

夏海ならなにか知っているかな。いや、訊けない。スケベな男だと思われる。いや、もう思われてるか。スケベなだけって言われたもんな。どうせならエッチって言って欲《ほ》しいよな。

夏海にメッセージを送りたくなった。

スマホのかわりに家の電話機に向かって念を送る。

ス・キ・ダ！

中学生の女の子から手紙をもらって、初めてのことに浮足立《うきあしだ》ってしまったのだ。おれはもともと、夏海のような華《はな》のある女の子が好みなんだ。

付き合おうと言うたび夏海《なつみ》に「ムリ」と言われ続けて、いまだに清い友だちのまま。照れでムリと言ってるのかと思っていたが、おれが女の子から手紙をもらってモテをアピールしても拗《す》ねも怒《おこ》りもしないのだから、恥《は》じらいではなかったと認《みと》めざるを得ない。

もしかしたら、他に好きなやつがいるんだろうか。

夏海が学校のだれかと付き合うようになったら、山西《やまにし》ちゃんと未莉亜《みりあ》と四人一緒《いっしょ》に弁当食うのができなくなるんかな。このところ未莉亜は休みがちで、大きなマスクをつけて遅刻《ちこく》して来たと思ったら昼には早退してるけど。

ん？　待てよ、もしかして夏海が好きな男って……？

おれは鞄《かばん》に入れたままの手帳を引っぱりだした。スマホを直すまでのもしものときのために、親しいやつの番号を聞いてメモっておいたのだ。

プッシュして、相手が出ると、おれはいきなり訊《き》いた。

「夏海に告られたことあるのか？」

『……だれ？』

「あ、近藤《こんどう》だけど。山西ちゃんだよな?」

『なんだ。イエデンの番号だからだれかと思った』

なんだか声が低くて様子がおかしい。

奥《おく》でテレビの音と布団《ふとん》か何かをばさっと跳《は》ねのけたような音が聞こえた。それからだれかの短い吐息《といき》。

「だれかそばにいるのか。あっ……邪魔《じゃま》して悪い」

山西ちゃんはきっと末莉亜の部屋にいるんだ。お見舞《みま》い……いや、ただの見舞いにしては様子が変だ。

『急用?』

ありとあらゆる妄想《もうそう》のスイッチがオンになる。

「いや何でもない。明日、学校で」

『待って。夏海が好きなのはパパだよって、末莉亜が』

「あ、そうか。ありがとう」

友だちの情事の邪魔をした自分が猛烈《もうれつ》に恥《は》ずかしく、そして興奮《こうふん》してしまった素直《すなお》な体に嫌悪《けんお》した。おれ、どんな顔して山西《やまにし》ちゃんと未莉亜《みりあ》の顔を見たらいいんだ。妊娠《にんしん》とかしたら、どうするんだろう。二人とも避妊《ひにん》の仕方、知ってんだろうか……おれなんかよりよく知ってるよな、きっと。

動揺《どうよう》と興奮《こうふん》が醒《さ》めてくると、自分がいかにお子様であるのか、おめでたいバカなのか、美女満載《まんさい》のクルーザーに乗ったモテモテ社長になった夢をみて寝過《ねす》ごした朝のように、虚《むな》しさに襲《おそ》われた。

同類だと思っていたのに、こんなおれと、よく友だちでいてくれるよな。友だちでいていいのか。将来《しょうらい》ノーベル賞かイグ・ノーベル賞でも獲《と》らないと、友だちでいてもみんなの割《わり》に合わないよな。あいつら本気でおれがノーベル賞を獲れると思っているんかな……。

せめて、東大には入ってやらないとまずいよな、二浪《ろう》か三浪することになっても。はんだ付けしていた基盤《きばん》を片付《かたづ》けて、机《つくえ》の上を整理した。今日やる分の勉強道具を広げる。

なんか、もやもやする。

それがなにかよくわからない。羨《うらや》ましさや恨《うら》めしさとは違《ちが》う。なんか、もやもやする。

中途半端《ちゅうとはんぱ》な気持ちで英文を書き写していると、おかんが帰って来て、テレビをつけて台所仕事を始めた。

「あらイヤダ、不潔《ふけつ》よ〜」

テレビに話しかけている。

情報番組が未成年アイドルのえぐいセックススキャンダルを流していた。

不潔。その言葉があったか。

男女交際は美しいものと信じていたが、そう感じないこともあるものなんだな。愛は尊《とうと》い。そしてエロもスケベも個人的には大好きだ。が、おれの求める愛とはなんだ？　欲望《よくぼう》のはけ口か？

わたしたちはもうほかのみんなのような子ども子どもした無邪気《むじゃき》で影響力《えいきょうりょく》のない子どもとは違《ちが》う……そんな確認《かくにん》作業を、アクシデントとはいえ見せつけられた。

愛ゆえにではない欲望のための行為《こうい》は、美しいとは思えない。それって「らしく」

ないだろ、山西《やまにし》ちゃん。自己愛が制服を着てるみたいなイケメンなのに。

友だちに対してそう思うのは申《もう》し訳《わけ》ないのだが、おれは頭の中のもやもやを追《お》い払《はら》うため、おかんの口調をまねて、念仏《ねんぶつ》のようにぶつぶつつぶやき続けてみることにした。

「あらイヤダ、不潔《ふけつ》よ〜。あらイヤダ、不潔よ〜。あらイヤダ、不潔よ〜」

弁当は家庭の小《こ》窓《まど》

「昼飯一緒《いっしょ》に食わない？」

近藤彗《こんどうすい》に言われて、面食らう。

「おれ早食いだけど。食ったらすぐ体育館に行くし」

「そっか、ごめん」

「いや、断《ことわ》ったわけじゃない。いいのか？」

近藤にわかるようにチラッと山西のほうに視線《しせん》をやる。山西はよそのクラスの女の子たちに廊下《ろうか》に呼《よ》び出《だ》されて楽しげにしゃべっている。

「うん、ちょっと。たまにはいろんなやつと交流したいと思って……クラスメイトなんだし。山西《やまにし》ちゃんにも言ってある」

なんだ、ケンカか？　交流なんてテキトーな理由をつけているのかと思ったら

「そうだ、沢井《さわい》さんたちも誘《さそ》おうか」

と言われた。

「仲良くなりたいんじゃないん？」

この前、沢井を驚《おどろ》かせてキャッと逃《に》げていかれたところを近藤《こんどう》が見ていたのだった。気をつかわれたのか、おれは。

「別に、仲良くしなくてふつうでいいけど。沢井さんも昼休みは忙《いそが》しそうだよ」

「ああー、テスト近づいてきたもんなー」

「目標があるらしい」

「へー、意外と熱いタイプなん？」

「どうだろうな。ちょっと話しただけだから」

ごく自然に、近藤の弁当の中身に目が行った。夕食の残りをカレー味にアレンジし

たのだろうか、厚揚《あつあ》げの煮物《にもの》が入っている。そんなのを、朝の情報番組の節約料理コーナーで見た覚えがある。玉子焼きの端《はし》から焦《こ》げた千切りニンジンが飛び出しているのは手作りだからだ。メインは切り身の焼き魚か。髪《かみ》を白く染《そ》めたことがあるわりに、あまりにも庶民的《しょみんてき》な弁当なのが、少し意外だった。

大ざっぱさは感じるが、安定した家庭で、大事に育てられているんだ。学校では落ち着きがなくて騒《さわ》がしいやつだけど、家で大切に世話をして見守ってくれている人がいるんだな。

おれは量と食べやすさ重視《じゅうし》の、いつもと代わり映《ば》えしない自作の焼肉弁当を口にわしわし掻《か》きこむ。

一気に半分まで食べたところで、この普段《ふだん》のペースで食べ終えてさっさと教室を出て行ったら、近藤と同席するのを避《さ》けているみたいだと気づく。

少し待つか。

この前、職員室に用事で呼《よ》ばれたときにたまたま見えてしまったのだが……信じたくないし、見たくなかったのだが、現国と体育以外の成績評価《ひょうか》の校内順位はおれより近藤《こんどう》のほうが二つ三つ上だ。

「そういえば湯川《ゆかわ》さんは水族館に行きたいらしいよ」

「なんで？」

「イカが観《み》たいって言ってた」

「夏海《なつみ》ってイカ好きだったのか。知らなかった。おれ、イカはイカ臭《くさ》いからイカスミスパゲッティ苦手なんだよな、カライーカなら好きだけど」

「食べるほうじゃなくて、泳いでるのが観たいって。体の構造とか」

「体……」

近藤の箸《はし》が止まる。

しゃべらなくていいから弁当食べてくれ。早く体育館に行かないと、自主練の場所がなくなる。

「高校生らしい『お付き合い』って、どの辺までなら不潔《ふけつ》じゃないと思う？」

「それ、教室で飯食いながらする話か？」

「だな。おれはアホだから。あらイヤダ、不潔よ～」

同じタイミングで箸《はし》を動かし出した時、校内放送が流れた。

なにやらのなにやらのため、本日の昼休みに体育館は使えません……。

音が割《わ》れて前半聞き取れなかったが、伝えたいことは了解した。体育館行きは中止だ。

また箸を止めて、おれは訊《き》いた。

「中学生にモテてるらしいな？」

どうせその話がしたいのだろう。近藤はラッキーなやつなのかもしれない。おれの昼休みをくれてやる。

ところが近藤が話し出したのは中学生の妹と、その新しい友だちのことだった。

「うちの妹、小学校のときにいじめにあってたっぽかったんだけどさ、今年中学になって、きのう初めて、友だちの家に泊《と》まりたいって言ったんだ。もちろん女の友だちね。でも急だったから泊まりはダメと親が言うんで、おれが十時くらいに迎《むか》えに行った」

「優《やさ》しい兄貴《あにき》なんだな」

近藤《こんどう》はにやりとした。スケベさのない優《やさ》しい目で、その一瞬《いっしゅん》だけで妹のことが大好きなのだなとわかった。女装《じょそう》した近藤にそっくりな顔の妹だとしても、好きなのだ。

「その帰り道でさ、妹がめそめそしだしたんだ」

「親友とケンカでもしたのか」

「うんにゃ」

飯を一口飲《の》み込《こ》んでから近藤は続けた。

「逆かな。友だちは日下《くさか》さんっていうんだけど、小五のときにその子の大親友が海外に引《ひ》っ越《こ》したんだって。そのことが、今でも悲しいんだって。でも、悲しい顔をしてたらみんなが心配するから、ふつうにしていようと思っていて、そのことがまたつらくなってきて、感情が高ぶって学校で泣いたらしい。妹の話だと、すごくしっかりした感じの人だから、そんな悩《なや》みを持っていたなんて思わなかったって。松木《まつき》さんに

……松木さんていうのはおれに手紙をくれた子で」

「例の手紙のストーカーの子か」

「ストーカーとまでは言わないが、天然の。日下さんは松木さんになんか言われて泣

いたんだと妹は思ってたんだけど、日下さんの言うことには、『松木さんはきっかけに過ぎなくて、松木さんは悪くないよ』って。『だって元からああいう子なんだし』って。日下さん、どんだけいい人なんだろうって妹は感激《かんげき》したわけよ。それに日下さん、妹にも謝ったらしくて。『小学校のときにつらそうにしていたのを知っていたのに、何もしてあげられなくてごめんね』って。でも日下さんと妹は同じクラスじゃなかったし、よそのクラスのことには口出せないだろ?」

「確《たし》かに」

「日下さん、図書当番が妹と一緒《いっしょ》のときはふつうにしゃべってくれたんだ。逆に妹のほうがその頃《ころ》の日下さんのことあんまり記憶《きおく》にないし、いい態度《たいど》じゃなかったと思うって。自分の身の安全のことや物を隠《かく》されたり壊《こわ》されたりしないように警戒《けいかい》するので精《せい》いっぱいで、余計《よけい》なこと考える余裕《よゆう》がなかったんだ。担任《たんにん》の先生にも問題児扱《あつか》いされていたから」

「それはつらかっただろうな」

「妹、日下さんみたいに人のことを考えたことがなかったって泣いてんの。みんな敵《てき》だと思っていて、自分は嫌《いや》な子だったって。だからこれからは日下《くさか》さんを全力で守ってあげたいって。なんか急に大人になっちゃったんだよ、妹」

「成長期なんだな」

「お兄ちゃんはお兄ちゃんのままでいいんだよ。ただ、もうちょっと大人になれたら、もっとうまくやれると思う。そんなことを光《ひかり》たん、おれに言えるようになるなんて」

光たん？

訊《き》き返したかったが、我慢《がまん》した。たぶん妹のことだろう。

「おれも、大人になりたい」

そう言って近藤《こんどう》は玉子焼きを頬張《ほおば》った。もぐもぐもぐごくんとやってから「エロい意味じゃなくて」と付け加えたところはとても近藤らしいと思った。

「大人って、どうなんだろうな。どんな感じなんだろう」

「寺崎《てらさき》でもそう思うん？　大人っぽいのに」

「同い年だろ。そんなに違《ちが》わないよ」

絶対に近藤とは違うと思うが、気休めを言った。

おれはとっくに弁当を食べ終わってる。それに気づいた近藤はせっせと箸《はし》を動かしはじめる。

でも、しゃべらないという選択肢《せんたくし》はないらしい。

「なんかさー、世界平和とか、実現したいよなー」

ずいぶんと大きなことを言いはじめた。

「そのためには、まずおれの夢を実現しないとなー」

「東大合格だっけ？」

少しからかいのニュアンスが入ってしまった。

「それもだけど、夏海《なつみ》を幸せにする。そしてすごい発明をする。そんで最終的には、世界中のだれにも、悲しい思いをさせたくない」

「なんで湯川《ゆかわ》に向かうのか、懲《こ》りもせず」

目で探《さが》すと、湯川夏海はいつもの場所に姿《すがた》がなかった。いつもべったりつるんでいる野上未莉亜《のがみみりあ》が今日もまた早退したせいで教室に一人で居づらいのか。

「懲りるもなにも、パパが相手じゃ叶《かな》わない」

にかき消された。

「パパ？」

　パパにはいくつかの意味がある。しかしおれの疑問《ぎもん》は脇《わき》からすっ飛んできた別の声

「やーだー山西《やまにし》ってばー、あはははは！」

　斉藤美希《さいとうみき》が珍《めずら》しく教室ではしゃいでいる。山西との会話が楽しいのは構《かま》わないが、声デカ過ぎ。媚《こ》びた様子で、とても伸《の》び代《しろ》のある女性とは思えない。

「あ」

　なにかを思いついたという近藤《こんどう》の声がして、目の前の顔に注意をもどす。

「あと、スマホの修理代を前借《まえが》りする。それからやっぱり、彼女《かのじょ》も欲《ほ》しい」

　お前の願望の話はいいから、早く弁当を食え。

家出デビュー

松木鈴理

今度の日曜日に、ぬいぐるみ屋さんの下見に行くことになった。

月《つき》ちゃんだけでなく、なんと彗《すい》様の妹の近藤光《ひかり》さんも付き合ってくれるって。

わたしのために光さんと仲良くなってくれるなんて、月ちゃんは本当にやさしい。

家に帰って、だれもいないリビングの床《ゆか》にぺたんと一人座《すわ》って考えていたら、緊張《きんちょう》してきた。

光さんも来るってことは……それは、近藤家の嫁《よめ》として迎《むか》え入れるに相応《ふさわ》しいかの試験なのかも？

わー、どうしよう！

どんなところに気をつかったらいい？　お行儀《ぎょうぎ》よくおしとやかにしたほうがいいの？　ありのままの良さを知ってもらうべき？

そうだ、おばあちゃんに聞いてみよう！　おばあちゃんはお見合いで結婚《けっこん》したってママが言ってたから、こういうのにはきっと詳《くわ》しい。

電話で確認《かくにん》したら、家にいた。もうすぐママが帰ってくる時間だったけど、居ても立ってもいられず、さっそく自転車をとばしておばあちゃんの家に向かった。

リビングの隅《すみ》には、ロジャーのための小さな仏壇《ぶつだん》みたいなのがあった。

「わ、本物みたい。お葬式《そうしき》もやったの？」

おばあちゃんはいつもの笑顔で、だけどなにも言わなかった。聞こえなかったのかな？

「お墓《はか》とかもあるの？」

返事がない。顔の上半分は優《やさ》しい表情をしてるけど口を不満そうに結んで、目をそらして黙《だま》っている。

「ねえ、ねえ、耳が遠くなったの？　お年寄りになるのはまだ早いよ」

「そうね……」

おばあちゃんがぼんやりと言う。

わたしが行くといつもミルクティーを出してくれるのに、今日はなにも出ない。これはやっぱり、元気がないんだ。元気にしてあげないと。

わたしは、今度の日曜日に友だちと一緒《いっしょ》にロジャーそっくりなぬいぐるみを見に行くことを話し始めた。

おばあちゃんにはサプライズのプレゼントにしたいから、見に行くだけと強調して、買うための下見とは言わなかった。それとなくわたしがロジャーそっくりなぬいぐるみを探《さが》していることを知っておいてもらったほうが、わたしがおばあちゃんのことを考えていると伝わるだろうし、またロジャーに会えるかもっておばあちゃんが嬉《うれ》しくなって、元気になると思ったから。

それから、お店に行くときの電車賃《ちん》やぬいぐるみ代を出してくれるかもと期待したから……。

「悪いけど、今日は帰りなさい」

おばあちゃんは、目を伏《ふ》せて突然《とつぜん》言った。

「え?」

「もうママも仕事から帰っているころでしょう? お手伝いをしてやりなさいな」

「大丈夫《だいじょうぶ》だよ。手伝ったたって、どうせ文句しか言われないし、もう少しおばあちゃんちにいるよ」

「帰りなさい。ぬいぐるみの話なんて聞きたくないの。ロジャーはぬいぐるみとは違《ちが》うのよ」

「ぬいぐるみじゃないって知ってるよ。でも死んだでしょ、年のせいで」

おばあちゃんはソファーから腰《こし》を上げ、今まで見たことのない怖《こわ》い「笑顔」できっぱりと言った。

「帰って」

「え? ちょっ……なんで怒《おこ》ってるの?」

基本、笑顔の人だから、笑った顔で激怒《げきど》するんだ。

「なんで?」を繰《く》り返《かえ》しながら、わたしはおばあちゃんの家の玄関《げんかん》の外に出されてしまった。

予定と違《ちが》う。まだお小遣《こづか》いももらってないし。

家に向かって自転車をこぎだしたら、だんだん嫌《いや》な気持ちが胸《むね》いっぱいに充満《じゅうまん》してきた。

なんで?

うちのマンションの見える場所まで来て、リビングにあかりがついているのを見たら、素直《すなお》には帰りたくなくなった。ママがいるなら、夕ご飯の支度《したく》を手伝わないって、どうせ文句しか言われないし。

マンションの前を通り過ぎ、目的地もなしに自転車を走らせた。

大好きなおばあちゃんを怒らせてしまった。

今まで、どんなわがままを言ってもあんな対応をされたことはなかったのに。わたしはおばあちゃんのことを考えて元気になってほしくて話をしてあげたのに。

おばあちゃんが鈴理《すずり》のこと嫌《きら》いだったなんて、知らなかった……。

交差点の赤信号で停まったとき、信号の標識《ひょうしき》を見て近藤彗《こんどうすい》様のお住まいの町内にいつの間にか入《はい》り込《こ》んでいたと気がついた。

運命に引き寄せられたのだろうか。

恋人《こいびと》をつなぐ目に見えない運命の赤い糸の話を、小学生の頃《ころ》に本で読んだ気がする。ママは本の内容はデタラメだって言っていたけど、やっぱり赤い糸ってあるのかな。

青信号に変わって自転車をこぎだそうとすると、横から「あっ」と言う女の子の声が聞こえた。なにかに驚《おどろ》くような声につられてそちらを見ると、な、なんと、近藤彗様の妹の光《ひかり》さんでいらした。

わたしを見て「あっ」を言ったみたい。

光さんは、「こんばんは。ば、ばいばい」と言うと急用を思い出したのか別方向に走って行かれた。

わたしは自転車をすすめながらドキドキしていた。

こんな偶然《ぐうぜん》に妹の光さんに会うなんて、やっぱり運命かもしれない……。

次の角を曲がれば、彗様のお宅《たく》に一層《いっそう》近づいてしまう。どうしよう。

月《つき》ちゃんの言葉は覚えている。

『実際の距離《きょり》が離《はな》れていたほうが、不思議な力って強くなる気がしない？』

家の近くに行ったらパワーが減っちゃう。

会いたい。でも、怖《こわ》い。ううん、運命だったら、家のそばに行かなくても会えるはずだし……。

わたしは彗様のお宅とは逆の方向に角をまがって、猛《もう》スピードで自転車をこいだ。

スマホが震《ふる》えているのに気付いたとき、わたしはダンジョン級の袋小路《ふくろこうじ》に突入《とつにゅう》していた。どうせママだと思って出なかったら、しばらくしてまた震えだした。

行き止まりで自転車を方向転換《てんかん》させたついでにスマホを見たら、着信は三件あって、はじめはママで、あとの二回は月ちゃんだった。自転車を停めてかけなおしてみると、月ちゃんはすぐに出た。

『光が家の近くで鈴理《すずり》を見たって少し前にLINEしてきたんだけど、いまなにしてるの？』

「えっと……家出？　そう、たぶん家出。いわゆる家出中」

『……』

返事に困《こま》っているようなので、付け加えた。

「彗《すい》様のお宅《たく》には近づかないようにしたよ」

『ならいいけど』

「月《つき》ちゃんってやさしいね。わたしの恋愛《れんあい》パワーが落ちないように心配してくれたんだ？」

長めの沈黙《ちんもく》の後、月ちゃんは言った。

『なんで家出してるの？』

「わたし、おばあちゃんから愛されてないんだってわかったから」

『なにか、あったの？』

左手でスマホを持ち、右手で自転車を押《お》して歩きながら、わたしはおばあちゃんちであったことを説明した。

「でね、おばあちゃん、笑顔のままで突然怒《とつぜんおこ》ったんだよ」

ため息のあと、月ちゃんはしんみりと言った。

『それならきっと鈴理《すずり》のおばあちゃんは、悲しいときも、笑った顔で泣くんだね。そうやっておばあちゃんになった人なんだ。ロジャーがいなくなって、とても寂《さび》しいときなんでしょう?』

「そうか。いつもニコニコしてるから、口で言うほど悲しいって感じてない人なのかと思ってた。じゃあ突然怒ったのは?」

『それは自分で考えてみたら?　家出中なら、これからうちに来ない?　お菓子《かし》、あるよ。実は光《ひかり》もいまうちに来てるの』

「まじで?」

いつ光さんとそこまで親しくなったんだろう。

『うち、わかるよね?　坂の途中《とちゅう》の、表が歯医者さんのところ。待ってる』

おばあちゃんに会いに夕方家を出たときには予想もつかなかった展開《てんかい》に、ドキドキしてる。

わたし、いま、青春ぽいかも……?　って思ったら、自然に笑いがこみあげてきた。

あはははは!　快調に自転車をこぎながら、声に出して盛大《せいだい》に笑ってみた。

わたし、きっと、変な人。あはははは！

さっきまでのふさぎ込《こ》んだ気分なんてもうどこにもない。

「自分で考えてみた？」

玄関《げんかん》で出迎《でむか》えてくれた月《つき》ちゃんの第一声を聞いたときには、おばあちゃんのことはすっかり頭の中から消えていた。女の子三人で友だちの家に親との夕食抜《ぬ》きで集まることがただ嬉《うれ》しくて、しかもそこに光《ひかり》さんがいるのだから、落ち着いていられるわけがない。

光さんが月ちゃんだけに言った。

「無理しない程度《ていど》にね。具合が悪そうに見えたらわたしが止めるから」

「ありがとう」

「月ちゃん風邪《かぜ》気味だったの？　うつさないでね」

光さんの顔が一気にこわばった。わたし、悪いこと言ったのかな。

「……なーんちゃって……」

ママに言われたことがある。嫌《きら》われたくないときは「なーんちゃって」ってつけなさいって。いまどきそんな言葉を使う子どもはいないよって言い返したけど、ついに使ってしまった。

「なんちゃってじゃないから！」

光さんって、わたしが思っていた女の子となんだか違《ちが》う。今度の日曜日に、ぬいぐるみ屋さんに一緒《いっしょ》に下見に行ってくれるはずなのに、わたしが好きじゃないみたい。

「で、おばあちゃんは、ロジャーそっくりなぬいぐるみを欲《ほ》しがったわけ？」

「ぬいぐるみは好きじゃないみたい」

「ちゃんと考えなさいよ。バカなの？」

「ば、バカにしないで。ちゃんと考えてるんだから」

「鈴理《すずり》は考えてると思うよ」

月ちゃんが助け舟を出してくれた。

「でも、すこし考え方が独特でみんなと違《ちが》うところがあるから、わからなくなってしまうの。だから説明して。めちゃくちゃなことをしてるわけじゃないでしょう？　理由があるんだよね？」

「えっと。えっとね……なんの話だっけ」

「喪失《そうしつ》は埋《う》められないよ。埋めてほしいわけじゃないし、そっくりな代わりなんてないし」

「でもロジャーはコーギー犬だから、だいたいみんなそっくりな顔だし」

「なに言ってんの？　こんな子に月乃《つきの》が関わることないよ」

光《ひかり》さん、大きな声で怖《こわ》い。

「大丈夫《だいじょうぶ》だから。この子は喪失がわからないみたい。もともと他人が見えていないから、わたしみたいにいつも他の人からどう見られているかが基準になっていないし。自己中心的と言ってしまえばそれまでだけど。自分が感じたこと以外では、世界は存《そん》在《ざい》しない。ですよね？」

ですよねと言われても、わたしは世界とか存在とか真面目《まじめ》な顔して言わないふつうの女の子だし。

月《つき》ちゃんは頭が良くて、優《やさ》しくていいね。

「親友が引《ひ》っ越《こ》してしまったとき、あの平穏《へいおん》で楽しくて幸せで無敵《むてき》だった毎日はもう二度と戻《もど》らないんだって、絶望したんですよ……まるで二人で一人だったのに、そこから自分の半分がもぎ取られてしまったんだから。代わりはいないの。わたしには親友なんて、もういないんだから」

「だめ、月乃！　わたしがいるじゃない！　新しい親友は、代わりのぬいぐるみなんかじゃないんだよ」

「光……！」

光さんが月ちゃんにガバッと抱《だ》き付《つ》いて、月ちゃんのほうもしがみつきかえした。

月ちゃん、泣いてる。光さんもだ。へんなの。

「なにこれ。お芝居《しばい》？」

わたしは二人の世界から無視《むし》されていた。

月ちゃんはわたしの親友だったのに、光さんとも親友になるの？

「ということは……光さんもわたしの親友ってことだね。いいよ、よろしく」

光さんが月ちゃんとの抱擁《ほうよう》の隙間《すきま》からぎろっとわたしをにらみつけていた。

なんで？

そのとき、はっと思い当たることがあった。

彗《すい》様は月《つき》ちゃんが好きなのでは？

だって月ちゃんはとっても優《やさ》しくていい子だもの。だから光《ひかり》さんは月ちゃんを認《みと》めて、抱《だ》き合《あ》って泣いてるんじゃないの？　え、でも二人は知り合い？　いつどこで、わたし抜《ぬ》きで？

「そんなシナリオ、ムリ、ムリ、ムリ、ムリ、ムリ。彗様は運命の人なんだから」

わたしのひとりごとに光さんは食ってかかった。

「勝手に運命とか気安く言うな。兄貴《あにき》の好きな人は、高校の同じクラスの夏海《なつみ》って女だから。モデルみたいにすごい可愛《かわい》いんだって！」

衝撃《しょうげき》の一打。

これには月ちゃんもショックじゃない？　彗様に思いを寄せていた「わたしたち」としては。月ちゃんがいつも彗様の話を聞きたがっていたこと、わたしはちゃんと気づいていたんだから。

「月ちゃんの親友なら、月ちゃんを泣かさないで守ってください！」

「同じ言葉を返す！」

「二人とも、もういいから。ありがとう。なんか、わたし、めんどくさい人たちを呼《よ》び寄《よ》せるオーラがあるみたいで、悲しくなっちゃって。いつもこんなですよ。一人でもいいのに。本当にめんどくさい人たちばっか……ふふふ」

めんどくさい人たち？　わたしたちが？

同じことを感じたのか、わたしと同じようにぽかんとした顔をした光さんと目が合った。

鑑《かん》賞《しょう》用彼《かれ》氏《し》

『学校、来れそう?』
『行くよ。出席やばいし』
『迎《むか》えに行こうか』
『今から?　遅刻《ちこく》するよ?』
『夏海《なつみ》が心配してる』
『知ってる。笑。あの子、ガチでいい子だから』
「山西《やまにし》!」

未莉亜《みりあ》が教室にいないと、斉藤美希《さいとうみき》がやたら話しかけてくる。その内容は特にぼくに伝えなくてはならないようなものではなくただぼくの注意を惹《ひ》きたいという感じだから、さわやかないい人の顔をし続けるのが面倒《めんどう》になってきた。

「あ、ごめん、ちょっと用があるって別のクラスの子に呼《よ》ばれてたんだ」

「また女子に告《コク》られるの？」

「たぶん、そうかな……」

斉藤との会話を適当《てきとう》にあしらって、教室を出る。

ぼくはだれにでもいい顔をしてカッコつけていたいだけの空《から》っぽな男。斉藤も、ぼくにとっては他のたいていの女の子と同じ。ぼくに彼女《かのじょ》がいると知っているのに、なにを期待してるのだろう。

他と違《ちが》って見えた女の子は、野上《のがみ》未莉亜だけだった。

呼び止めにくい速さで廊下《ろうか》をすっすっと歩きながら、ひとりごとを、声に出して言ってみる。

「別れようか」

感情がなさすぎか。

「別れようか?」

いまのは逆に、少し演技《えんぎ》っぽい。

別れたいなんて嘘《うそ》だから、うまく言えるはずがない。別れるときは、ぼくが壊《こわ》れて用をなさなくなったときだろう。

未莉亜《みりあ》と付き合いはじめるまで、形ばかりの空《から》っぽな自分の中に怪物《かいぶつ》の子どもが潜《ひそ》んでいたとは思いもしなかった。

大勢《おおぜい》の女の子たちはみんな外見に騙《だま》されて、優《やさ》しい理想の彼氏《かれし》のイメージをぼくに投影《とうえい》してくるが、その期待どおりに振《ふ》る舞《ま》えば、嫌《きら》われはしないしトラブルもないと思っていた。この夏まではそれでうまくやってきた。

だけど、未莉亜はぼくの本質《ほんしつ》を見透《みす》かしてくる。

本当はいい奴《やつ》なんかじゃないでしょう? めちゃくちゃなことをしたいんでしょう。他人が自滅《じめつ》し合っていくのを傍観《ぼうかん》するのが好きなんでしょう?

未莉亜は他の女の子たちとは違《ちが》った。未莉亜を見ていると、ぼくは心がぐらぐらするのだ。獲物《えもの》を見せつけられた山猫《やまねこ》みたいに。

見ちゃいけないと、自らを檻《おり》の中に閉《と》じ込《こ》めていたのに、未莉亜は自分からぼくの檻の隙間《すきま》に飛び込んでくる。

そして、服を脱《ぬ》いで初めて未莉亜のにおいをかいだとき、ぼくの記憶《きおく》の墓場《はかば》の地下のマンホールの蓋《ふた》が開いた。

とても小さいときだ。自分の意思とは別だった。遊んでもらっていたつもりでいた。今だからわかる。ぼくはおもちゃのようにだれかの性的な相手をさせられた。家の中だったのか保育施設《しせつ》だったのか、相手の顔は覚えていないが、きっと当時のぼくが信《しん》頼《らい》していた人だったはずで——二人の秘密《ひみつ》を人に話したらきみが罰《ばつ》を受けるしきみを嫌《きら》いになるよって。

たぶんそのときぼくは……思い出すのもおぞましくなり、未莉亜を押《お》しのけトイレで吐《は》いた。

シャワーを借りて、香《かお》りの強いボディソープを体に塗《ぬ》りたくる。記憶のにおいを消すために。

そのあと未莉亜《みりあ》を乱暴《らんぼう》に引きずり倒《たお》した。忘《わす》れていたことを思い出すきっかけを作った元凶《げんきょう》だからだ。いけないと自制したのは一瞬《いっしゅん》だけ。それ以上の力が湧《わ》いて、どうにもならなかった。おもちゃになんかされてたまるか。人を支配するのだ。ぼくはもう無力ではないと証明するために。

二時間目のはじまる直前に教室に来た未莉亜に、湯川夏海《ゆかわなつみ》が探《さぐ》りを入れている。左の頬《ほお》の上に絆創膏《ばんそうこう》を三つ並《なら》べて貼《は》っているから。

「本当に自分でやったの？」

「何度も自分だって言ってるし。いい加減に、うちの話を信じなよ。マジ不運でムカついてんのに、親友にまで疑《うたが》われてるし。だから学校休んだんだよ。どうしたのって聞かれるのウザいし」

親友にも未莉亜は平気で嘘《うそ》をつく。

きっとぼくにも、たくさんの嘘をついているのだろう。

未莉亜は傷《きず》つくための恋愛《れんあい》しかしてこなかった。愛されたいと思いながら、傷つけられることでしか愛を差し出すことを知らない。まだぼくたちは高一なのに、腐《くさ》りはじめのくたびれた大人みたいだ。

ぼくはきれいな外見を残して、内部から悪人になっていく。

正当防衛《ぼうえい》以外の暴力は認《みと》められていない。暴力は悪でしかない。

ぼくが正当防衛を主張したところで、だれが支持してくれるだろう。

ぼくは病気だ。卑怯《ひきょう》な男だ。

根拠《こんきょ》もなく信じていたクリーンな自分のイメージが、バラバラに、めちゃくちゃになる。そうだ、ぼくはずっと苦しかったんだ。ぼくはそのことを、そしてねじれた末莉亜の愛を知ってしまった。一人にもどるなんて耐《た》えられない。

二時間目の先生が教室に入ってきて、みんなは着席しはじめた。ぼんやりしていたぼくだけが教室の半端《はんぱ》な位置で最後まで突《つ》っ立《た》っていて、遠くの席の斉藤美希《さいとうみき》から「や、ま、に、し」と囁《ささや》かれた。クラスの人気者だと信じてやまない十歳《さい》のおせっかいな女子がやるみたいに。

こんなときいつもなら近藤《こんどう》がいち早く察知して、面白《おもしろ》いことを言うつもりで小学生でも言わないような軽口を叩《たた》き、教室の女子をドン引きさせてしまうのだ。近藤《こんどう》を見ると、教科書というものを初めて見た人のような顔つきで熱心に文字を読んでいた。

中学生から手紙をもらって以来、毎日浮《う》かれ気味だった近藤が、この数日はおとなしい。

昼ご飯を食べているとき、近藤はしみじみと言った。

「モテるって、いいことばかりじゃないんだな。モテすぎるって案外つらいもんなんだなあ」

近藤はしみじみと語りながら、弁当箱の隅《すみ》に箸《はし》をおいた。

ぼくは「ふーん、そうなの?」と軽く返す。

「そうなんだよ! 贅沢《ぜいたく》な悩《なや》みだけど」

近藤は得意げに話し出す。

――傷《きず》つけたくはないのだが、付き合うつもりももちろん結婚《けっこん》する気もない。しかし相手は妻《つま》になる気満々。そんな思い込みの激《はげ》しすぎる年下の女の子から一方的に求婚されるつらさを「山西《やまにし》ちゃんにはとーてーわかんないだろうなー」と。

「そうだね。ぼくには近藤の苦労がわからない。付き合うつもりがないなら断《ことわ》ればいいし。ぼくだったらこれまで通りのふつうの友だちでいたいから付きまとわないでって言う」

「山西ちゃん、優《やさ》しくないなー。乙女心《おとめごころ》を大切にしないとモテないぞ」

「それで相手が傷《きず》つくのなら、それは、告白すれば期待通りの成果が得られると勝手に思い込んだ相手のせいだ。ぼくを思い通りに動かして、恋愛《れんあい》ごっこをしたいだけの子に振《ふ》り回《まわ》されるつもりはない」

「お、いまの言葉、いいな。お嬢《じょう》さん、おれは恋愛ごっこをしたいだけの子に振り回されるつもりはないんだよ」

「ぼくの役割《やくわり》は、便利な鑑賞《かんしょう》用彼氏《かれし》で十分なはずだ」

近藤とは、そんな話をしていた。

だけど、一週間もしないうち、ぼくは一人で弁当を食べる人になっていた。

近藤が「クラスのやつらともっと交流を深めたいから昼は別々に飯食おう」と言ってきたのだ。

ぼくが一人でいたら、女子が放っておくはずがない。誘《さそ》いはいくつもあったけど、敢《あ》えてぼくはボッチ飯をするほうを選んだ。

近藤《こんどう》はなぜかぼくを避《さ》けるようになっていた。教室で会話がないわけではないのだが、用がなくても急いでいても話しかけてきたやつが、ぼくに用があるときしか話しかけてこなくなった。

ぼく以外の連中には相変わらずだというのに。

「なあ、夏海《なつみ》、水族館に行こう。行きたいんだろう」

「なんで近藤が知ってるの？」

「夏海のことなら、なんでもわかるんだ。ビコーズ、夏海が好きだから」

「なに、ビコーズって」

「なぜならばぁ～」

「ビコーズの意味くらいわかってるって」

「でも来月まで待って。いま、金欠で」

「あたし、一緒《いっしょ》に行くなんて言ってないし。それに行くときは一人で行くから！」

「カライーカも買ってあげるよー」

「欲《ほ》しくないし！」

なぜそんな誘《さそ》い方《かた》をするんだろう。好きだったら、支配したいと思わないのか。この女の子はぼくの力でどうにでもできるんだと思いたくないか。快楽を与《あた》えることもできるし、理由もなく痛《いた》めつけることもできるって……。

「あれ？　未莉亜《みりあ》、左手どうしたの？」

「捻挫《ねんざ》。自分で」

「自分で？」

夏海がぼくを見た。恐怖《きょうふ》が三割《わり》、軽蔑《けいべつ》が二割、怒《いか》りは一割。残りは哀《あわ》れなものを見る目で。

ぼくは女子と目が合うときの条件反射《はんしゃ》で、さわやかに微笑《ほほえ》んでいた。

「近藤はなにも聞いてないの？　聞いてるわけないか」

「なに？　なになに？」

「何でもない。あたしの勘違《かんちが》い」

夏海《なつみ》はスマホの自撮《じど》り機能を使って前髪《まえがみ》を直すふりをしながら、湿布《しっぷ》を貼《は》られた未《み》莉亜《りあ》の左手首の写真を撮《と》った。ぼくが見ているのをわかったうえで。

「なんでも相談にのるよ？　彼氏《かれし》の振《ふ》りとかも協力するよ。ビコーズ、夏海が……」

「うるさいってば。何度振ったら学習できるの？　鈴理《すずり》たんと遊んでなさいよ」

近藤《こんどう》に相談してなんになる？

ぼくはさりげなく未莉亜の肩《かた》に手を置いた。恋人同士《こいびとどうし》が自然にするように、未莉亜がぼくのその手に触《ふ》れるのを、夏海は見たことのない不気味な虫を見るように眉間《みけん》にしわを寄せて見ていた。

その間に近藤がぼくらからそっと離《はな》れていった。まるで気を利《き》かせたみたいに。いや、ぼくを避《さ》けているのだ。

未莉亜はナイフみたいな女の子だ。人に向けている刃先《はさき》はダミーで、じつは柄《え》にもう一つの刃がしこんである。それは自分の心臓《しんぞう》にまっすぐ向いている。そのことを不幸な人の運命を笑うみたいに、意地悪く笑って見ているのだ。

ぼくは壊《こわ》れない。きみのためにはぜったいに壊れない。

きみがきみのナイフをつかわずに済《す》むように、ぼくがきみを傷《きず》つける。

そのときに未莉亜は気づくだろう。

愛されるということは、代わりになにかを差し出すことではないんだって。

未莉亜は、ぼくが壊れていくのを望んでいるんじゃないか。

だからぼくと付き合うことを選んだのではないか。

未莉亜が壊れるか、ぼくが壊れるか。それを楽しんでいる。

しかし、すべてを壊してしまうのも、面白《おもしろ》いかもしれない。壊れた先でどんなことが起きるのか、まったく関心がないわけじゃない。

ふつうの高校生を演《えん》じ続けていくのも飽《あ》きてきた。

形ばかりの空《から》っぽな自分の中の怪物《かいぶつ》の子どもが、支配の対象を求めてる。ぼくを無力にしたやつへの怒《いか》りをぶつけて、自身の存在《そんざい》を確かめたがっている。

友だちの親友

湯川夏海

養護の先生に未莉亜《みりあ》の怪我《けが》の話をしようと保健室に行くと、二年生がたむろっていた。先生の姿《すがた》はない。

上級生たちから、頭の先から足の先までじろじろ見られているのを感じながら、ロングヘアをやたらつやつやさせているリーダー格《かく》っぽい先輩《せんぱい》に訊《き》いた。

「あの……先生は？」

「電話する用事があるって出て行った。昼休みは戻《もど》らないって」

「そうですか。ありがとうございます」

丁寧《ていねい》に言って退室し扉《とびら》を閉《し》める。まだ閉め切らないうちに先輩たちの会話が始まった。

「なに、あの派手《はで》な茶髪《ちゃぱつ》は？」

「あの子、入学式からツケマつけてあんなんだったよ」

「ギャルって絶滅《ぜつめつ》したんじゃなかったの？」

陰口《かげぐち》は言われ慣《な》れているけど、今はつらい。未莉亜が横にいないから。

未莉亜は入学式でみつけた憧《あこが》れの女の子。アッシュグレイのショートヘアのあの子が同じクラスと知って、絶対に友だちになろうと声を掛《か》けた。未莉亜はクールで冷《さ》めた感じで世界を見ていて、あたしなんかと違《ちが》って大人だった。一度も子どもだったことがないみたいに、ゆるぎない自分を持っているようだった。この学校に未莉亜がいたから、あたしはあたしのままでいられた。二人でいれば最強の自分でいられた。

なのに、いま、未莉亜は遠いところにいる。ううん、元々そうだったのかもしれない。あたしが親友になれたと浮《う》かれていただけで、未莉亜の心はいつも遠いところにあったのかもしれない。

だとしても、未莉亜《みりあ》の親友はあたしのはずだ。

「えっと、あの、湯川《ゆかわ》さん」

教室に戻《もど》る階段《かいだん》の途中《とちゅう》で、同じクラスの子に話しかけられた。

元親友の斉藤美希《さいとうみき》のイマ友の沢井恵《さわいけい》だった。あまりしゃべったことがない。たぶんあたしの髪色《かみいろ》のせいで、沢井さんのほうが仲良くしたくないと思ってそうだし、持ってるものや音楽の趣味《しゅみ》も違《ちが》うし。でもこの子も寺崎《てらさき》くんが好きなのだ。

「えっと、あの、野上《のがみ》さんは?」

「は?」

沢井さんと未莉亜は、あたし以上につながりがない感じがするから、変な返しをしてしまった。

「ご、ごめんね。ちょっと気になったから。また早退したのかなって」

「そう、早退。なにか用があったなら、LINEで伝えてあげてもいいけど」

「あ、大丈夫《だいじょうぶ》。えっと、あの、湯川さんは」

そのまま待っていたけど、湯川さんは……、のあとの言葉がいつまでも出てこない。

「なに？　話はもう終わり？」

「ご、ごめんね。余計なことだよね。野上さんと仲良しだからなにか知ってるのかなって思ったから……。野上さん、手首に湿布《しっぷ》していたでしょう」

「捻挫《ねんざ》らしいよ」

あたしは未莉亜に言われたとおりに伝えた。皮肉を込《こ》めて。

「そっか……湿布だったもんね。変なことを考えてごめん。美希が『手首でも切ってるのかな』ってひとりごと言うのをたまたま耳にして、わたしは『湿布っぽくない？』って言ったんだけど、美希が野上さんを気にするなんて珍《めずら》しいから、なんでかなってわたしも気になりはじめて、そういえば、最近野上さんは怪我《けが》をしてるなと思って。わたし本が好きで、小説とかでリストカットをする女の子が出てくることがあるから、本当に切ってなくても手首に包帯巻《ま》いたらそれはSOSの合図じゃないのって変な想像をして心配になってしまって。でも湿布だから考えすぎかなとか。でも野上さんには声をかけづらくて。ごめん、お邪魔虫《じゃまむし》でした。じゃあ」

逃《に》げ出《だ》すように階段《かいだん》を駆《か》け上《あ》がろうとしたので、がしっと腕《うで》をつかんで引き止めた。

ボブというよりおかっぱ頭というほうがしっくりくる沢井《さわい》さんの髪《かみ》が、驚《おどろ》く小動物のように肩先《かたさき》でぴょこんと揺《ゆ》れる。

「こっちもごめん。少しイラついてたから。沢井さん、読書家で頭よさそうだし真面目《まじめ》だし、オーケストラ部でバイオリン弾《ひ》くくらいちゃんとしてるし……」

「わたしはホルンだよ？」

「ホルンならもっとちゃんとしてるっぽい。それに、お、男を見る目もあると思うから、あたしの話を聞いて。一人だと重すぎて。それで、すぐ忘《わす》れて。一緒《いっしょ》に背負《せお》わなくていいから」

その階段《かいだん》から一番近くて人けのない職員玄関《げんかん》まで沢井さんを腕《うで》を組んだまま引《ひ》っ張《ぱ》って行く。中学時代に嫌《きら》いな先輩《せんぱい》を困《こま》らせる方法を美希《みき》と相談したときのように。

二人でしゃがんでひそひそと、あたしは山西《やまにし》のデートDVを疑《うたが》っていて、山西にも未莉《みり》亜《あ》にも否定《ひてい》されてることと不審《ふしん》な怪我《けが》の写真を持っていることをかいつまんで話した。

「そんな思いでいたなんて、湯川《ゆかわ》さん、大変だったでしょう。なんで美希は中学時代に湯川さんと仲が良かったんだろうって不思議だったけど、親友になった気持ち、わかったよ。湯川さんって優《やさ》しいんだ。見た目で勘違《かんちが》いしてた」

そんな直球で言われたらハズいよ。同時進行で見た目をディスられてるし。こういう裏表《うらおもて》のなさそうな真面目ちゃんに言われると冗談《じょうだん》とは受け取れないからふつう以上にグサッとくる。そんなにわたしの見た目って、許容範囲外《きょようはんいがい》なわけ？　でもいまはその話をするときじゃない。

「末莉亜のこと、気にかけてくれてありがとうね。なんか、一人じゃないってほっとした。でも、だれにも言わないで、まだ犯行《はんこう》現場を見たわけじゃないし」

「山西くんて、いい人そうだもの、まさかって思うよね。でも男の子って、まさかって思うことがあるのかもしれない。寺崎《てらさき》くんだって、袋《ふくろ》とじのエッチなグラビアの週《しゅう》刊誌《かんし》を突然《とつぜん》買ったり、見ないで捨《す》てたりしてたし」

「寺崎くんが？」

「一学期の頃《ころ》のことだけど……印象深くて。あ、ごめん、湯川さんて、寺崎くんのこと好きなんだよね、たぶん」

それはあなたもでしょう、と思うけどスルーする。

「まあ、男子だから興味はあるんだろうね。近藤《こんどう》みたいに欲望《よくぼう》丸見えのもいるし。えっと、聞いてくれてありがとう。未莉亜《みりあ》と山西《やまにし》のことで何か気づいたら教えてね」

「うん……あの、あのね」

話を切り上げようとすると沢井《さわい》さんはなにか言いたげな顔をした。

「美希《みき》ってどういう子？」

「え？　美希はいま沢井さんと仲がいいよね？」

「仲良くしてるけど、ふわっとしてるから。美希って明るくてまっすぐでしっかりしてて、友だちなんてたくさんできそうなのにわたしと仲良くしてくれて、なのにわたしはうじうじしてて、このごろなんだか悪いなと思ってしまって。ちょっと冷たくしても、嫌《きら》わないで一緒《いっしょ》にお弁当食べてくれるし」

「沢井さんと気が合うからでしょう？」

「合っているのかな……。あのね、美希はなんで寺崎《てらさき》くんと付き合わないのかな。両想いっぽいのに」

「色気より食い気って言ってたけど」

「もしかしたら遠慮《えんりょ》してるのかなって。わたし、寺崎くんと同じ中学出身で、その頃《ころ》からなんとなく好きだったこと、美希に言ってないのにばれていたし。それに湯川《ゆかわ》さんの気持ちも美希なら大切にするんだと思うし」

あたしらのせいってこと？　そんなネガティブなのはイヤ。

「そんなんで遠慮《えんりょ》するかなぁ。美希も寺崎くんも運動部きつそうだし、まだ付き合うとかまでは興味ないいんじゃない？」

「そうならいいんだけど……。メールとかもしてないみたいだし。わたしもだけど、美希は家のこと全然しゃべらない。なにか……複雑《ふくざつ》なのかな。美希がしっかりしてるの、なんでだろうって」

中一の頃、あたしは美希と親友であることを疑《うたが》わなかった。だけど三年の夏になってバレー部が引退になったとき、共通の話題がなくなって、前みたいに一緒《いっしょ》にいるのが楽しくなくなって、実は好きなものが一つもかぶってないことにあたしは気づいてしまった。今思うと、中学校っていう雰囲気《ふんいき》があたしたちを親友として結びつけていたのかなって。

「そういえば、弟に持病があるとかで親はいつもそっちがメインで、同居のお祖母《ばあ》ちゃんも介護《かいご》が必要になりそうでって、中学の頃《ころ》に聞いたかも。だから自分は弟の分まで元気でいたいって。それで美希《みき》はしっかりした子に育ったのかも」

「そっか……あの、あのね」

まだ話が終わらない。

ちょっとだけイラッとした。相談した相手、間違《まちが》えたかな。

「そろそろ教室に戻《もど》りたいんだけど」

沢井《さわい》さんはあたしと同じタイミングで腰《こし》を上げた。一緒《いっしょ》に行くということか。

「あの、あのね。野上《のがみ》さんと山西《やまにし》くんのことなんだけどね、わたし、思ったんだけど、近藤《こんどう》くんに相談するべきだと思う。湯川《ゆかわ》さんとも山西くんとも友だちなんだし。言《い》い難《にく》いのはわかるけど、一番近くにいるのに頼《たよ》らなかったら可哀想《かわいそう》だよ。近藤くん、仲間はずれにされたと思うかもしれない」

「あいつ、べらべらしゃべらないかな」

「湯川さんが言わないでって言えば言わないと思う。最近また『夏海《なつみ》が好きだー』って言うの、復活したし」

沢井さんはにこっと笑った。含《ふく》みのない素直《すなお》な笑顔。

「近藤は中学生と付き合うほうが精神年齢《せいしんねんれい》ピッタリでお似合《にあ》いだと思うよ」

「でも、近藤くんは入学式からずっと湯川さんのことが好きなんでしょう？　そんな風に好かれるってすごいよね。湯川さんは大変そうだけど」

「近藤はギャルっぽい派手《はで》なメイクが好きなだけだよ。見た目でしか褒《ほ》められたことないし」

「見た目も含めて湯川さん全体が好きなんじゃないかな？　それじゃあ、一度スッピンを見てもらったら？」

沢井さんの何気ない一言に、あたしの足が止まった。

「その発想はなかった！　頭いい」

「ご、ごめん。へんなこと言ったかも。わたしオケ部だとわりといじられ役で……」

沢井さんの顔がじわじわ赤くなった。あたしが頭いいって褒めたせい？　この子、意外とかわいい。

「近藤《こんどう》を撃退《げきたい》できるかも」

「撃退なんて、そんな。せっかく好きでいてくれてるのに」

「じゃあ沢井《さわい》さんだったら近藤と付き合いたい？」

「あー、それは……ちょっと」

眉尻《まゆじり》がトホホな感じにぐっと下がった困《こま》り顔。それ、顔に出過ぎ。なんてわかりやすい子だろう。

しゃべるまでは真面目《まじめ》ちゃんなだけだと思っていた沢井さんが、可愛《かわい》らしく思えた。

自分の教室の近くまで来ると、女の子の嫌《いや》な感じの笑い声が聞こえてきた。妙《みょう》に高い声色《こわいろ》で、媚《こ》びるような言い回し。しかも大きい。

「もー、山西《やまにし》ってばぁ！」

合図をしたわけでもないのに、あたしと沢井さんは教室に入るとまっすぐにその声のするほうに向かっていた。

美希《みき》が山西にちょっかいを出している。椅子《いす》に座《すわ》った山西の背中《せなか》に体を密着《みっちゃく》させて、ただのクラスメイトにするには不自然な感じだ。小学生ならじゃれ合っていると言えるかもしれない。でもあたしたちは高校生だ。

未莉亜《みりあ》がいる前だったら絶対にしないはずだし、それを見せられているクラスメイトのほうだってセクハラを見せられているみたいなものだ。

山西はうざいと思ってるはずだけど、周囲を気にして、爽《さわ》やかでいい人そうな範囲《はんい》で迷惑《めいわく》そうにしている。モテるのだから仕方がないとでも考えているのだろうか。

美希のことを誤解《ごかい》していた。

美希が好きなのは寺崎《てらさき》くんじゃなかった。あたしは美希のなにを見ていたんだろう。

山西と仲がいいのは知っているけど、美希にそういう気持ちがあったなんて……。

いまは未莉亜の彼氏《かれし》なんだし、そもそもデートＤＶ疑惑《ぎわく》のある山西なんて絶対にダメだ。

美希には、ちゃんと幸せになってほしい。

あたしと沢井さんはほとんど同時に言っていた。

「美希、カッコ悪」

「やめて、美希」

タオルを投げる

斉藤美希

「美希《みき》、カッコ悪」

「やめて、美希」

夏海《なつみ》と恵《けい》から同時に声を掛《か》けられたとき、わたしはどんな顔をしていたんだろう。

そのときのことを思いだしただけで、恥《は》ずかしさでのたうち回りたくなる。

二人に呆《あき》れ顔をされた。

こんな自分を知られたくなかった。なのに、自分の思いが膨《ふく》れ上《あ》がっていて、なりふり構っていられなかった。山西《やまにし》以外の人なんてどうでもよかった。自分のことですらどうでもいいと思っていた。

友だちだから、見かねて止めてくれたのだ。でもそのときは訳《わけ》がわからず、自分をどうにもできなくて、教室から逃《に》げ出《だ》した。

軽蔑《けいべつ》されたかもしれない。

渡《わた》り廊下《ろうか》を体育館まで走って行って、外の水場で顔をばしゃばしゃ洗《あら》った。水しぶきを盛大《せいだい》にあげたものだから、制服の袖《そで》や胸《むね》のあたりまでがびしょぬれ。

しかもハンカチを持ってなかった。だから、乾《かわ》くまで前かがみになって、そうしたらバカな子どもみたいな自分が情けなくなってきて、涙《なみだ》と鼻水が後から後から出てくるものだから、また何度も顔を洗わなくてはならなくなって、制服が水跳《みずは》ねだらけになった。

こんなにがさつなんだもの、恋愛《れんあい》なんてするようなキャラじゃない。

なのにどうして、見境《みさかい》がなくなるのか。

淡《あわ》い憧《あこが》れなんかじゃない、体の奥《おく》から表面から、全身で山西が欲《ほ》しくなる。それはもう、愛じゃなくて欲望《よくぼう》だ。

女の子なのに、性欲《せいよく》が強いんだろうか。

いつも彼氏《かれし》がいる状態《じょうたい》だと自慢《じまん》している未莉亜《みりあ》を、内心では軽蔑《けいべつ》していたくせに、自分だってだれかに優《やさ》しく触《ふ》れられてみたい。だれかというのは、だれでもいいという意味でなく、わたしを愛してくれる人。ちゃんと愛してくれなくても、わたしでいいという人になら、なにをされても……。

ダメだ、そんなのは。

斉藤美希《さいとうみき》はそんな女の子じゃないはずだ。明るくて、はつらつとして、元気いっぱい。恋《こい》バナに花を咲《さ》かせる友人たちを羨《うらや》ましそうに傍観《ぼうかん》するのがわたしだったはずなのに。

心と体が変化して、これを「大人になった」というのなら、こんなに自分を複雑《ふくざつ》に混乱《こんらん》させる大人になんてなりたくなかった。

「斉藤？」

寺崎誠也《てらさきせいや》が水飲み場に現れた。汗《あせ》に濡《ぬ》れたTシャツ。体育館でボールと戯《たわむ》れていたんだろう。「休憩《きゅうけい》」と言って、わたしの隣《となり》の蛇口《じゃぐち》を使って水をがぶ飲み。

「でも……寺崎じゃないんだよ」

小さくつぶやいていた。人の好みって難《むずか》しい。

「ん？　なんでそんなに濡れてるの？　タオル使う？　おれの汗がついてるけど」

わたしは寺崎の首からタオルをひったくるとまず水洗《みずあら》いをした。それを硬《かた》く絞《しぼ》って、顔まわりや制服の水分をとった。

「濡らしたタオルじゃ水を吸《す》わないだろ」

「乾《かわ》くまでここにいる」

「なら、おれのタオルも斉藤と一緒《いっしょ》に干《ほ》しといて」

寺崎は体育館にもどっていった。

優しいのか、優しくないのかよくわからない男だ。

ううん、気をつかってくれたのか。そうわかったのは、沢井恵《さわいけい》がミニタオルを持って現れたから。走ってきたらしく、ぜいぜいした息で言う。

「斉藤さんが体育館脇《わき》で濡れてるって、LINEが来て。はじめて連絡網《れんらくもう》じゃないLINEが来て、焦《あせ》った」

寺崎《てらさき》か。恵《けい》が赤い顔をしているのは息が上がっているせいだけじゃないわけだ。

恵のミニタオルを受け取る。柔軟剤《じゅうなんざい》のいい匂《にお》い。ちゃんとしたおうちで、家族にふつうに大切にされて、ふつうにちゃんとしつけられて育ってきた子なんだろうな。

なんかまた、涙《なみだ》が出そうになった。

……心配して、来てくれたんだ。

「ありがとう。ごめん」

「ううん。それならわたしもごめんって言わなくちゃ。わたし、美希《みき》の気持ち、全然知らなかった。山西《やまにし》くんと仲がいいけど、いまは寺崎くんのほうに気持ちが向いてるんだろうと思って、自分はずっとモヤモヤしていた。美希のこと、もっとちゃんと見ていたら、もっと早く気づいてもよかったのに……。いつもなんとなくそばにいてくれるから、親友って立ち位置に甘《あま》えすぎていたのかな」

「恵は恵のままでいいと思うよ。わたし、嫌《いや》じゃなかった。なんでもわかりあうなんて不可能《ふかのう》だと思うし、なにもかも同調するのは疲《つか》れるし、知らない面がたくさんあっても、そのまま受け入れてくれる友だちのほうが貴重《きちょう》だよ」

「そう言ってくれる美希は貴重かも」

「わたし、自分で自分のことわからなくなるもの。なりたい自分と現実の自分がいままでみたいにうまくあてはまらなくて、バラバラに壊《こわ》れていくみたいで、もういっそのこと、徹底的《てっていてき》に嫌な子になったほうがすっきりするんじゃないかと思うくらいだし」

「でも……嫌な子になるのも意外と難《むずか》しいよね。嫌な感じの自分が嫌《きら》いになって、気分が落《お》ち込《こ》むだけだもの」

「恵らしい」

「そっかな？」

「タオルありがとう。寺崎のと一緒《いっしょ》に洗《あら》ってから返す」

「寺崎くんのこと強調しなくていいってば。わたし、このまえ寺崎くんとしゃべって思ったんだけど、同級生に片思《かたおも》いをしてる自分が好きなのかも。考えてみたら、寺崎くんのこと、よく知らないし」

「知らなくても、人って恋《こい》をするものでしょう？　全部知ってから好きになるって、大変じゃない？」

恵《けい》の顔が、ああそうか、というふうにぱあっと納得《なっとく》の表情になる。でも、すぐに思いつめた目に変わった。

「知らないのも、知りすぎるのも、いいことばかりじゃないのかも。野上《のがみ》さんが湿布《しっぷ》してたの、山西《やまにし》くんが原因《げんいん》みたい。ほかにも怪我《けが》してたって。まだ人に言わないでって言われてるけど、山西くん、すごくいい人そうだけど、本当は違《ちが》うのかもしれなくて……」

わたしが口を挟《はさ》む間もなく恵はすぐに言葉を続けた。山西をかばう言葉をわたしに言わせたくないみたいに。

「湯川《ゆかわ》さん、野上さんのこと心配して悩《なや》んでいるみたいだった。湯川さんって、近藤《こんどう》くんに『好きだ』って言われるといつも『死ね』って言い返していたから、ひどいことを平気で人に言える子なんだと思って、近寄りがたかったんだけど……思っていたほど怖《こわ》い人じゃなかった。美希《みき》の親友だった子だから、いい子に決まっているはずなのに」

「近寄れないのは当たり前だよ。わたしだって、親友が高校に来ていきなり茶髪《ちゃぱつ》の姫《ひめ》ギャルになってるとは思いもしなかったし、入学式で見るまで髪《かみ》を染《そ》めたこと知らなかったもの。中学時代の親友のわたしでは、もう物足りないってことだろうなって思った。夏海《なつみ》に合わせて自分もお化粧《けしょう》したいとは思わないし。毎朝顔になんか塗《ぬ》りたくって、めんどくさいよ」

「湯川さんの完全武装《ぶそう》、賛成はしないけど、毎日あそこまでやれるところに、実はわたし、少し憧《あこが》れてる。留学が決まったら、メイクの仕方を教えてもらいたいな」

「ギャルメイクにされるよ？」

わたしが冗談《じょうだん》で言うと、恵は笑って答えた。

「一度くらい、してみてもいいかな」

思わず、ぷっと噴《ふ》いてしまった。

「ギャルの恵なんて見たくない」

「えー、湯川さんなら絶対に可愛《かわい》くしてくれるよ。そのときは美希も一緒《いっしょ》にギャルメイクになろうよ」

「やだよ」

「やってよ」

笑いながら取るに足りない戯言《ざれごと》をいくらか続けて、わたしは言った。

「教室もどろ」

「そうだね」

「ごめんね、いろいろ」

「美希《みき》がわたしに謝ることじゃないよ」

「あのさ、好きになるのをやめてって言われたとして、やめられるものかな」

「どうだろう。好きの種類を分析《ぶんせき》してみればいいよ。相手を思っているつもりでいても、本当は自分が寂《さび》しいだけかもしれないし、違《ちが》う自分になりたいと憧《あこが》れているだけかもしれないし、自分のコンプレックスを片思《かたおも》いのせいにしてごまかしたいのかもしれないし……」

恵《けい》は理性的に恋《こい》ができるみたいで、心底羨《うらや》ましい。

とすると、わたしの恋は「発情」なのかも。人の彼氏《かれし》にガツガツして、最悪じゃないの。

カッコ悪いぞ、美希。

らしく行こうよ、美希。

もう山西《やまにし》を見るのはやめよう。

だれにも迷惑《めいわく》かけないよう、頭の中だけの彼氏を作ろうか。だったら、腐女子《ふじょし》並《な》みの想像力が欲《ほ》しかったなあ。

そう思いつつ教室にもどると、夏海《なつみ》の後《うし》ろ姿《すがた》が目に入った。

夏海が怒《おこ》っている。

相手は、わたしが見ない決意をしたばかりの人。

「やっぱ、未莉亜《みりあ》と別れてくれない？」

夏海は二人の交際に反対なのか。夏海はわざわざトラブルに首を突《つ》っ込《こ》むタイプじゃないから、恵が言ったように野上《のがみ》未莉亜を心配しているということだろう。

「なんで夏海がぼくに言うの？　未莉亜に頼《たの》まれたのなら話は別だけど」

山西の声は面白《おもしろ》そうに笑っている。

姿《すがた》が見たいけど、見ない。見てはいけない。せめて今日の午後ぐらいは我慢《がまん》しよう。

だから全身が耳になる。

二枚《まい》の濡《ぬ》れタオルを窓枠《まどわく》に干《ほ》しながら聴《き》いた二人の会話は、教室で話すにはディープすぎる内容だった。場所を選んでいられないくらい逼迫《ひっぱく》してるってこと？

「夏海《なつみ》は未莉亜《みりあ》の気持ちをわかっているのか？　夏海には未莉亜の気持ちがどれくらいわかっているん？」

「わ、わかってるかわかってないかじゃないよ。あたしは友だちがこれ以上傷《きず》つくのを見たくないから」

「未莉亜の意思は？　単に、夏海が気に入らないってことじゃないかな？」

声は爽《さわ》やかに笑っていると思ったけど、なんか違《ちが》う。山西《やまにし》は怒《おこ》っている？　それを隠《かく》すために、明るくソフトな物腰《ものごし》でいい人を演《えん》じている……。

「あたしは……そう、あたしは自分のために言ってるの。あたしが見たくないから。悪い!?」

「いくら親友の立場でも、口出ししていいことではないと思うよ。未莉亜とぼくの問題だ。本人不在で言い合ってどうする」

「未莉亜は自分で怪我《けが》したって言ってる。だれかにやられたんじゃないって。だけど、未莉亜があたしに本当のことを言うわけない。だって、わかるもの……親友だから。未莉亜はだれのことも……友だちも彼氏《かれし》のことも信用してないってことも、わかるもの。それでもあたしは未莉亜と親友だと……思ってるから……わかるもの……」

「おー、夏海、なんで泣いてるの?」

近藤彗《こんどうすい》の声が廊下《ろうか》のほうからすっ飛んできた。ああ、ややこしくなりそう。

寺崎《てらさき》が近藤と一緒《いっしょ》にお弁当を食べているのを見たときは、世の中には起こりえないことが起こるのだと見せつけられた気がしたけれど、今思うとあれは寺崎が大人の対応をしたからだろう。

「近藤、いまここで山西のこと殴《なぐ》ってくれたら、一緒に水族館行ってあげる」

「まじか!」

夏海、なんてことを頼《たの》むの! 近藤、山西のきれいな顔を殴ったら絶対許《ゆる》さない。

我慢《がまん》できずに、わたしは夏海たちのほうを向いてしまった。

近藤がポケットに手を突《つ》っ込《こ》んでいる。まさかナイフ?

近藤《こんどう》が取り出したのは、くしゃくしゃのポケットティッシュだった。一度洗濯機《せんたくき》で洗《あら》われているようなやつを夏海《なつみ》にさしだした。

「とりあえず、ハナをかめ」

「こんなの、使えるわけな……」

夏海のすぐ横の机《つくえ》に、ト音記号柄《がら》のケースのポケットティッシュが投げ置かれた。

「それ、沢井《さわい》が貸《か》すって」

寺崎《てらさき》が投げたのだ。恵《けい》が夏海に渡《わた》せずにいたのを、気を利《き》かせて。

「サンクスペテルブルク」

「サンクト、だろ」

近藤のダジャレとそれがわからない寺崎のピンボケな返しのせい……ではないと思うけど、山西《やまにし》は急に声を立てて笑い出した。

「なに、この連携《れんけい》。ははは」

さわやかナイスガイの笑い声は教室を明るくする。会話の中身を知らなければ、わたしもその笑顔にときめいていただろう。

「みんなで見てるよってこと？　ふーん。はははは。名案だね。ぼくは、自分でもあきれるほど外ヅラがいいカッコつけだものね。はははは」

山西の笑い声につられず近藤がひょうひょうと言う。

「で、夏海はなんでおれに山西ちゃんを殴《なぐ》らせたいわけ？」

「はははは。夏海は近藤と一緒《いっしょ》に水族館行く理由が必要なんだろ」

山西はなにがウケたのか、笑いつづけてる。どう考えても笑いすぎだ。ずっと見ていたいほどかっこよくて惹《ひ》きつけられるけど、ふつうの笑い方じゃない。

近藤が言う。

「人を叩《たた》くときは叩くほうだって心が痛《いた》いって、うちのおかんがよく言っていたけど、どう考えたって心より手のほうが確実に痛いっしょ？　水族館の代償《だいしょう》で、発明家の黄金の右手が怪我《けが》でもしたらどうしてくれる。それともいつか自伝を出すときに、非暴力主義の温厚なおれが唯一《ゆいいつ》ぶっ飛ばしたあほな友人として登場してもらうか」

「はははは。近藤こそ未莉亜《みりあ》と付き合えよ。はははは」

「バ、バカ言うな。おれは夏海が好きなんだ。山西ちゃんにも言っておく。おれはこう見えて意外ときれい好きなのよ。清く正しく高校生らしい健全なエロで夏海《なつみ》が好きなんだ」

「エロいらないし！　もう、近藤《こんどう》のバカ！　あたし真剣《しんけん》な話をしてたのに……」

「えっおれも真剣なんだけど。いつでも相談に乗るよ？」

「ははっ、うける。お前らがいてよかったわー、ははは。未莉亜《みりあ》のこと、助けてやってよ。あいつは一人じゃないって、言ってやってよ」

「なんで他人事《ひとごと》みたいなの？　山西《やまにし》だって一人じゃないでしょ。一人にはしないよ……近藤の友だちだし」

「ぼくだって、未莉亜のためを思ってるんだ」

夏海があからさまなため息をついた。

「前にね、あたしのパパの会社の人、ＤＶで大怪我《おおけが》をして、旦那《だんな》さんは逮捕《たいほ》されて、そのことでみんなにものすごい迷惑《めいわく》をかけたの。未莉亜の場合、いまは治る怪我だけど――未莉亜が言った通り自分でやってるんだとしても、もしも後遺症《こういしょう》が残ったり命にかかわることになったら、彼氏《かれし》の山西だって周りのみんなだって、重いものを一生背負《せお》わなきゃなんないんだよ。だから、一人にはしないよ！」

偶然《ぐうぜん》、山西と目が合った。でもわたし——斉藤美希《さいとうみき》を求めていたからじゃない。山西はだれに見られているか確認《かくにん》するよう、周囲を見回したのだ。

山西は笑いすぎて、まるで泣いているみたいな赤いブサ顔をしていた。

変なの。別人みたいにオーラがない。変なの。格好《かっこう》つけるの忘《わす》れてるし、変なの。

ふつうすぎてぜんぜん特別な人じゃない。変なの。ドキドキしない。十六歳《さい》の、ただの子どもだ。

なんだか、無性にむかむかした。

演《えん》じ抜《ぬ》けよ！　このド素人《しろうと》アイドルが！

わたしは窓枠《まどわく》に干《ほ》したばかりの濡《ぬ》れタオルをつかむと、二枚《まい》丸めて山西の顔にブンっと投げつけた。腕力《わんりょく》はいつもバレー部で鍛《きた》えてる。

ボスッと重い音を顔面に受けて、山西は床《ゆか》にひっくり返った。

結局どうやったって、わたしは山西の大切ななにかにはなれない。

美しき単純明快

近藤彗

水濡《みずぬ》れスマホが修理からもどって、初めて届《とど》いたメールが山西《やまにし》ちゃんからだった。

『異常《いじょう》なし。検査《けんさ》のせいで一晩《ひとばん》入院させられた』

「人が気絶するところ、初めて見たよ」と文を書いて、送信する前に考え直してメールの文を変えた。

「ゆっくり休め。綺麗《きれい》な顔は大丈夫《だいじょうぶ》?」

『顔はそれなりにふつう。ついでに明日も休んで、テスト勉強するわ』

明後日《あさって》から中間試験が始まる。

二学期の試験期間が迫《せま》っていたせいで、山西ちゃんの気絶騒動《そうどう》はそれほど大きな騒《さわ》ぎにならなかった。

逆に可哀想《かわいそう》だったのは、「濡《ぬ》れたタオルを丸めて投げたら、たまたま人に当たってしまった」という加害者となった斉藤美希《さいとうみき》さんのうろたえ方のほうだ。

「山西が死んじゃう、山西が死んじゃーう！」としがみついて揺《ゆ》り動《うご》かそうとするんで、やめさせるのが大変だった。

担架《たんか》で保健室に運ぶ途中《とちゅう》で山西ちゃんは意識をもどしたが、頭を打ったようだから念のためそのまま病院に行くことになったのだった。

先生の車に乗せられた山西ちゃんを見送るときに、山西ちゃんがうっかりあの世に行かないよう、おれはわざと楽しい約束をした。

「試験が終わったら、みんなで水族館に行こう」

「なんで水族館なんだ。近藤《こんどう》が行きたいだけだろ」

その反応を見て、ああこいつの頭は大丈夫だ、と思った。

「カライーカ買ってあげるよー」

「水族館には売ってないだろ」

運転役の先生が「行くぞ」と言ってドアを閉《し》めたとき、山西《やまにし》ちゃんは窓《まど》を少しだけ開けた。

「そうだ、夏海《なつみ》にありがとうって言っておいて」

「遺言《ゆいごん》？」

おれのオシャレなシャレは、先生の「縁起《えんぎ》でもない！」の一喝《いっかつ》で雲散霧消《うんさんむしょう》した。

一夜明け、メールの様子では、中間試験の心配ができるほど元気ということだ。遺言にならなくてよかった。


中間試験の最終日。

夏海から「話があるから放課後残って」と、あさイチで言われたとき、ついにおれの魅力《みりょく》に気づいたかと笑いがとまらなくなり、試験中もにやにやしていたらしかった。そのせいで試験官にカンニングの疑《うたが》いをかけられるというヘマをしたが、今回もおおむね実力通りの結果が出せたに違《ちが》いない。おれはノーベル賞を獲《と》る男だから。

山西ちゃんと未莉亜《みりあ》も試験期間は毎日ふつうに学校に来て、ふつうに試験を受けて帰っていった。あまり話をしなかったのは試験のときは教室の空気が違《ちが》うから。

うちの学校は進学率が高い。本気で勉強しているやつを茶化すような生徒はいないし、人の足を引《ひ》っ張《ぱ》る余裕《よゆう》があるくらいならば自分の成績を上げるほうを選ぶのだ。それ以外の選択《せんたく》は、何もかも諦《あきら》めること。夏休みが過ぎて、皆《みな》その校風になれてきた。一年のおれたちには、幸いにして諦める前にまだやれることがいくらでもある。

深まる秋の午後の日差しに照らされた放課後の教室。

いよいよ告白タイムがきた、と胸膨《むねふく》らませ二人きりで夏海と対面。

しかし夏海は席に座《すわ》って、机《つくえ》の上に鏡を立ててポーチの中身をだしはじめた。

「なにがはじまるんだ?」

「公開すっぴんショー。近藤《こんどう》はあたしのこと好き?」

「好きだ。大好きだ!」

「じゃあ今から近藤が女の子っぽいメイクをしてる子が好きなんだって証明するから。近藤があたしのことを全然見てないってわかるようにメイク取ってあげるよ。まずはアイメイク落とすね」

「えっ、なにそれ。教室で禁断の熱い抱擁《ほうよう》がはじまるんじゃないの?」

夏海《なつみ》は慣《な》れた様子で液体を含《ふく》ませたコットンをまぶたにあてた。

真っ黒い色がにじみはじめて、黒い何かがペロンととれた。

「うわっ」

「これはつけまつげ。また使う。目元のメイクはしっかり落とさないとくすみになるんだって」

もう一枚《まい》のコットンでさらにふき取ると、真っ黒だった目の周りの色が薄《うす》くなって、夏海の目は四十%くらいに縮《ちぢ》んだ。

「これは唇《くちびる》用、こっちは顔全体のクレンジングオイルで……はい、洗顔《せんがん》代わりにアルコールフリーのウエットティッシュですっきりさっぱり。これでおしまい」

おれはぽかーんと見ているしかなかった。

ああ。おれはいままで夏海のなにを見てきたんだろう。

「これで近藤《こんどう》にはもう付きまとわれない」

「なんでそこまで。おれが嫌《きら》い？」

「ううん。あたしのなにが好きなのか、自覚してほしかっただけ。なんか言ったら？」

「これは、これで……」

「これはこれで、なに？」

「これは、これで……」

ふつうにかわいいけど、あまりにもふつうすぎた。

肉売り場で見る山盛《やまも》りのステーキ肉のきらきらと、家でおかんに薄く切られてもやしと一緒《いっしょ》に焼かれた肉との違《ちが》いのような。もとは同じはずなのに。

「ははは、予想通りの素直《すなお》な反応でムカついてきたわ。さて、ではまたメイクしますか」

「なんでまた」

「すっぴんで帰るの恥《は》ずかしいから」

おれはそこでようやくピンと来た。

「そっか、夏海はおれにだけ恥ずかしい姿《すがた》を見せてくれたんだ！」

「ポジティブに考えすぎ！」

「好きだ。化粧《けしょう》をしてない夏海《なつみ》も好きだ。普段《ふだん》は化粧をしてるのが夏海だ。付き合おう。恥《は》ずかしい姿《すがた》を見せてもいいくらいおれに気を許《ゆる》してくれたんじゃないか」

「好きな人には絶対すっぴんなんて見せられないよ。近藤《こんどう》は、楽しいやつだと思っているよ。でもあたしが彼氏《かれし》に求めているのは近藤の持っている楽しさとは違《ちが》うなって思っている。近藤は近藤のことを好きになってくれる人と付き合うのがいいと思う」

おれは詩的に囁《ささや》いてみた。

「蜜蜂《みつばち》が花に集まるのは、花が綺麗《きれい》だからじゃないのよ、お嬢《じょう》さん。蜜蜂の欲《ほ》しいものが花の奥《おく》にあると知っているから。おれは夏海の花の奥にある甘《あま》い蜜が欲しい」

「エロ過ぎ。引くわー」

「なんで？　蜜って愛情のことだろ。優《やさ》しく愛してあげるのに」

「あいぃ？　ごめん、無理。愛なんて、よくわかんないよ。愛されたって、急に相手の気が変わるかもしれないし。それだったら、自分が好きなほうでいたい。それで、いつか好きな人から好かれたい」

おれは訊《き》きたかったことを訊いた。

「好きな人って……パパ？」

「なんでお父さんの話が出てくるの？」

「夏海が好きなのはパパだって、未莉亜《みりあ》が言ったと山西《やまにし》ちゃんが」

「未莉亜ってば、なにテキトーなこと言ってんのかな。お父さんとはひと月に一度ファミレスでランチデートするけど、それは一緒《いっしょ》に住んでないせいだし。ファザコンってわけじゃないよ。あたしの理想の結婚《けっこん》相手は絶対に離婚《りこん》しない人だもん」

夏海は顔に手際よく塗装《とそう》をしながらとぎれとぎれに話した。職人芸だな。

「あのね、うちのお父さん、部下がＤＶで大怪我《おおけが》をしていろいろ世話を焼いてるうちにその人のことが大切になっちゃって……お母さんとケンカして出て行って……もし改心して帰ってきたらあたしのために許そうってお母さんは待ってたんだけど……その部下の人が怪我の後遺症《こういしょう》を苦に自殺してしまったみたいで……お父さんとお母さんもショックで、それで元《もと》に戻れなくなってしまったみたいなんだよね。小さい頃《ころ》はなにが起きてるのかわかんなかったけど、お父さんの浮気《うわき》が原因《げんいん》と言えばそうなんだけど……未莉亜《みりあ》と山西《やまにし》の話をお母さんにしたら、昔のことを少し教えてくれた……」

夏海《なつみ》はつけまつげの装着《そうちゃく》に取り掛かる。夏海は手先が器用だ。おれが発明家として世界デビューするときには助手として使いたいくらい。

「近藤《こんどう》は山西のこと、どれぐらいわかってる？」

おれはそのとき初めて山西ちゃんのＤＶ疑惑《ぎわく》の話を聞いた。

聞きながら、おれは問題の多い妹のことを思い浮《う》かべていた。甘《あま》えん坊《ぼう》な光《ひかり》たんの家庭内暴力的スキンシップには、いつか妹はおれの兄愛に気づいてくれるはずと耐《た》えてきた。昔は反撃《はんげき》していたけど、妹が小学校でいじめられているらしいと知ったときから防御《ぼうぎょ》に専念《せんねん》するようになったのだ。だっておれのほうが年上だし、力も強いし、知識の差もある。

だが、山西ちゃんと未莉亜となったら話は別だ。二人はクラスメイトだし、好きで交際を始めたわけだし、パートナーである女の子を傷《きず》つける男なんて、ありえない。

山西ちゃんと未莉亜の関係がどうも不潔《ふけつ》に思えて近寄りにくいと思うようになったのは、そういう不健全な部分を察知したせいだったのだろうか。

「夏海に頼《たの》まれたあのとき、殴《なぐ》っとけばよかった。なにがあったのかぜんぜん話が見えてなくて、なんもできなかった。ちょっと待って。電話する」

「えっ今？」

おれはスマホをつないだ。

留守番電話につながった。

おれは思いつくままに早口でメッセージを吹《ふ》き込《こ》んだ。

「おまえ、カッコ悪いぞ。いい顔と爽《さわ》やかフェロモン出るカラダしてんのに、もったいないことすんなよ。魅力的《みりょくてき》な人間はなあ、その魅力を世の中のために使えよ！　生まれ持ったか育てられて持てたものかは知らないが、そのあふれる魅力を、自分の慰《なぐさ》めだけに使うな。せっかくの財産《ざいさん》を、どぶに捨《す》てるようなもんだぞ。自己欲望《じこよくぼう》を超《こ》えて社会にシェアしてこそ、人の魅力は才能と呼《よ》ばれるのだ！　以上、ポジティブ説教終わり！」

「山西、なんて言ってた？」

「留守録だった」

夏海《なつみ》はガクッとうなだれて、拍子抜《ひょうしぬ》けのため息をついた。

「そういえば、前に山西《やまにし》ちゃんが夏海にありがとうって言ってたわ」

「いつ？　学校ではなにも言われてないよ？」

「気絶の後で検査《けんさ》の病院に向かうとき、山西ちゃんがおれに伝えてと言った。てっきり夏海が介抱《かいほう》してくれたことへの感謝だと思っていたんで伝え忘《わす》れていた」

「そういう大事なこと、忘れないでくれる？」

「あとで直接言ったかと思った」

「他になにか言われてないの？」

「水族館に行くのは今度の日曜でいいよな？」

「はあぁ!?」

「みんなで水族館に行こうって、山西ちゃんと約束したんだ」

「なんで勝手に決めてるの」

「夏海がイカを観《み》たいって言うから」

「それは寺崎《てらさき》に言ったの」

メイクを完成させた夏海はポーチに道具をしまい、鞄《かばん》の中にしまってあったスマホの画面を確認《かくにん》した。

「あ、山西からLINE来てた。えっ、ちょっと、これ」

いつも通りの顔に復元された夏海は、かわいいデカ目をぱちくりさせて、おれに画面を見せてくれた。

『未莉亜《みりあ》に浮気《うわき》された。別れることにした』

「なにやってんだ、あいつら」

「別れるきっかけができてよかったよ。山西もたぶんなにかに苦しんでるんだろうなって思ってたの。未莉亜も、まったくなにやってんだか。もっと自分を大切にしてほしいのに」

ちなみにおれのスマホにはそのメッセージは来ていない。

「ちょっと待って。電話する」

また留守番電話につながった。

「おれに相談しろよ、水臭《みずくさ》いやつだな！　お前らのこと、どんだけ心配したと思ってんだ!?」

DV疑惑《ぎわく》はさっき知ったばかりだが、そんな細かなことはどうでもいい。

「別れるのは勝手だが、今度の日曜は、四人で水族館に行くぞ。おれらは、友だちなんだからな！　以上」

通話終了。

「別れるってのに？　近藤《こんどう》はすぐ無茶を言う」

「そんなの、おれだけじゃないよ。あいつらだってくっつくわ離《はな》れるわ無茶苦茶だろ。もともと無茶苦茶なやつなんだよ。山西《やまにし》ちゃんと高校で初めて交わした言葉は『うんこ』だった」

「サイテー」

「山西ちゃんが言ったんだ。トイレの前でぶつかりそうになったとき。あ、ごめん、うんこって。なんか爽《さわ》やかなやつなのにそんな言葉を口走れるなんて、友だちになったら最高だなって思ったんだ」

「近藤のその判断基準、意味わかんない」

「おれは複雑《ふくざつ》な男なんだよ」

「さて、帰ろっか。試験も終わってすっきりだし、日曜に着ていくのにいい秋の服、探《さが》しておかないと」

「日曜？」

「近藤が言ったんでしょ。水族館って」

マジか。本当に夏海《なつみ》と水族館に行けるのか。

なんだよやっぱ夏海って、おれが好きなんじゃないか。

黒い蝶《ちょう》が羽ばたくようなつけまつげをじっと見る。

やっぱ、可愛《かわい》い。

おれは夏海に関しては単純《たんじゅん》な男なんだ。科学法則や数式だって、単純明快で無駄《むだ》がないほうが美しい。そう考えるおれってやっぱし発明家の素質《そしつ》があるよな。

「うちら、友だちでいられるのかな……これまでみたいに。近藤がいるから、大丈夫《だいじょうぶ》かな」

「おうよ、まかしとけ。おれは世界平和を実現する男だ」

唯《ゆい》一《いつ》無《む》二《に》

犬のぬいぐるみを三人で探《さが》しに行く予定だった日曜日は、内容変更《へんこう》ですよ。

わたしたちは鈴理《すずり》のおばあちゃんに会いに行くことにしたのです。わたしが、鈴理のおばあちゃんに聞いてほしいことがあったから。話をしてみたいと思ったから。

わたしのおばあちゃんは父方も母方ももう生きていないので、そういう存在《そんざい》に憧《あこが》れていたというのもあったのでしょうね。

「おばあちゃーん、ミルクティーはわたしたちで入れるね。お客さん用のカップ使ってもいいかなぁ？」

鈴理は相変わらず元気いっぱいで、あちこちの扉《とびら》をばたばたあけて落ち着きがないです。自分の孫じゃなかったら窓《まど》から放り出してもいい感じですよ。

わたしはまず、ロジャーの写真のミニ祭壇《さいだん》の前で手を合わせてお祈《いの》りをしました。

「あらあら、鈴理が友だちを連れてくるとわかっていたら、ちゃんと準備をしておいたのに……」

おばあちゃんは根元の白髪《しらが》がのびた髪《かみ》をなでたり、広げていた新聞や広告をまとめたりして恥《は》ずかしそうにしていました。

「鈴理、わたしたちのこと、言ってなかったの？」

「どうせ家にいるし」

わたしの代わりに光《ひかり》さんが説明してくれた。

「でも、ここは松木《まつき》さんのうちじゃないわけだし、急に人が来たら困《こま》るよ」

「突然《とつぜん》お邪魔《じゃま》して本当にすみません」

「あらいいのよ。鈴理のお友だちですもの」

「ほら、いいって言った」

「鈴理《すずり》にも礼儀《れいぎ》正しいお友だちがいるとわかって、とても安心しました」

おばあちゃんはやさしそうな笑顔だ。笑顔がはりついている人って、だいたいこういう笑い方ですよね……目じりの下がったやさしい笑顔。いいな、こういう顔。歳《とし》をとったらわたしもこういう顔のおばあちゃんになりたい。鈴理みたいな孫は欲《ほ》しくないですけど。

「これ、ゆうべわたしが焼いたチーズケーキなんです」

光《ひかり》が紙袋《かみぶくろ》からタッパーを二つ出して並べた。アルミの型に入れて焼かれたきつね色のミニケーキが中に三つずつ並《なら》んでいる。

なにを持っているのかと思ったら、そんな準備をしてくれたのですか。

手ぶらで悪いかなと思っていたけど中学生が菓子折《かしお》りを買って持っていくのも変だと思っていたから、助かりました。

「光さん、ケーキ作れるの!? さすが彗《すい》様の妹は違《ちが》うなあ」

「あら嬉《うれ》しい。鈴理、お皿とフォークを持ってきてちょうだい」

「少し余分に持ってきたので……お口に合うといいんですけど」

「おかわりできるね！」

鈴理、そうじゃない。他の家族がいたときのために光は余分に持ってきたんだよ。教えてあげたいけど、おばあちゃんの前で鈴理にあれこれ言うのも悪いから、黙《だま》ってましょう。

ミルクティーとチーズケーキのお皿を並べるのを手伝った。

「手作りのチーズケーキ、久しぶりだわ。ちゃんと表面につや出しのジャムを塗《ぬ》って、本格的ね。このひと手間が大事なのよ。子どもが小さいときはわたしもよく作ったものだけど……あら美味《おい》しい。これだけのものが作れるならあなたパティシエになれるわよ」

鈴理にはもったいないほどのいいおばあちゃんです。

わたしもいただきました。手作りならではの濃厚《のうこう》な味のしっかりしたベークドチーズケーキです。光に意外な特技《とくぎ》があるとわかりました。

ちびちび食べるうちに、わたしのケーキのなかから赤っぽいものが出てきました。

「もしかして、中にラズベリーかなにか入ってる？」

「わたしのには入ってなかったよ」

と、真っ先に食べ終わった鈴理《すずり》が言います。

光《ひかり》が赤い顔をして慌《あわ》てだします。

「やだ、どうしよう。それハズレ。わたしがお菓子《かし》作っていると兄貴《あにき》がいつもくれくれうるさいんで、ハズレを一つ作って兄貴用に置いてきたのに……おかしいな、どこで梅干《うめぼ》し入りのがすり替《か》わったんだろう」

「梅干し入り!?」

「彗《すい》様って梅干しが好きなの?」

「違《ちが》うよ、嫌《いや》がらせ。月乃《つきの》ごめん、食べかけだけどわたしのと交換《こうかん》して」

「平気だよ、梅干しのところだけ避《よ》けるからいいよ」

するとおばあちゃんがこらえきれない様子で、上品にくすくす笑いだしましたよ。

「楽しいわね、手作りって。わたしの娘《むすめ》が……鈴理のママが小さいときにもね……」

おばあちゃんは昔の可愛《かわい》いいたずらの話をしてくれた。

しばらくすると、おばあちゃんが壁《かべ》の時計を気にしはじめた。

いつの間にか、遊びに来てから一時間以上経《た》っていた。

話したいと思っていたことは話せてないけど、時間を気にしているようだから、これ以上長居をしてはいけないかなと思います。

「あの、そろそろ……」

「まだいいのよ。いつもこのくらいが散歩がてらの買い物の時間だったものだから、なんとなく習慣《しゅうかん》でね」

「わたし、この後用事があるので。連絡《れんらく》が伝わってなかったのに、ありがとうございました。あの、お皿洗《あら》ってきます」

「そのままでいいのよ。そんなに気をつかわなくても。鈴理と同い年なのにしっかりしてること」

「でしょ？　自慢《じまん》の親友だもん」

わたしと光は使ったみんなの食器をキッチンのシンクに運んだ。

「洗わなくていいから、そこに置いといて。食洗機《しょくせんき》を使うから」

光と目配せして、同時に頷《うなず》く。そこまで言うならやめておこう。手を滑《すべ》らして割《わ》ってもいけないし。

「おばあちゃんが、元気になってよかった！　またみんなで遊びに来ようね。悲しんでたって、ロジャーは生き返らないんだし。にぎやかなほうが楽しくていいでしょ」

無邪気《むじゃき》なことを言う鈴理《すずり》に、おばあちゃんが笑顔のままで悲しげな眼《め》をした。

「みんなで慰《なぐさ》めに来てくれたのね」

「そうだよー」

「違《ちが》います。聞いてほしいことがあったから、わたしが鈴理に頼《たの》んだんです」

「月乃《つきの》さん……でしたっけ。どんなお話」

「はい。悲しむ時間は必要です。悲しいときに元気になってって言われても、元気にはなれないです。そんな気分じゃないし。あんまり慰められたら、静かに悲しめなくなって、心のなかの時間が止まったままになるから……わたしの場合はそうだったから、ムリしてほしくなくて。さっきおばあちゃんが時計を気にしているのを見て思ったんですけど、この時間になると、いつもロジャーがいないことを考えてしまうのかなって。そういうの、悲しいけれど、大切な存在《そんざい》であればあるほど、とても大事なことじゃないのかなって」

「そうね。あなたは大人ね。そっと悼《いた》むとか、偲《しの》ぶ気持ち、鈴理にもいつかわかるといいなと思っているの」

「えーっ、鈴理にだってわかるよ？　ちゃんと意味を教えてくれれば」

「すみません。もう帰ります」

「月乃さん、わざわざありがとうね。鈴理にもいいところはあるのよ。悼み方は人それぞれの形があるものですからね。実はね、近いうちにまた犬を飼《か》おうと思ってるの」

鈴理が万歳《ばんざい》をする。

「やった！　どんなの？」

「ロジャーと同じコーギー犬」

「いつくるの？」

「獣医《じゅうい》の先生が、知り合いに頼《たの》んで今月中に子犬を見つけてくれるって」

「子犬！　楽しみ！」

鈴理《すずり》とおばあちゃんの会話を聞いているうちに立ちくらみがしてきた。

この祖母《そぼ》と孫は確実に同じDNAを受《う》け継《つ》いでいる。

「……悲しいんじゃ……ないんですか？」

「とても悲しいわ」

「じゃあどうしてまたコーギー犬を飼《か》うんですか」

「コーギー犬が好きなのよ。地球の生き物の中で一番かわいいのがコーギー犬だと思うわ」

「鈴理はね、モルモットだと思う。毛の長いもふもふのやつ」

「…………………そうですか」

声が震《ふる》えそうになる。光《ひかり》がフォローしてくれた。

「帰ろう、月乃《つきの》。松木《まつき》さんはどうする？」

「一緒《いっしょ》に帰るよ」

帰り道、みんなと別れた後でこらえきれなくなって、スーパーのトイレに寄って一人で泣いた。

虚《むな》しさでいっぱいになり、家に帰ると塾《じゅく》の時間までふて寝《ね》です。

『今日は梅干《うめぼ》し入りのチーズケーキを食べさせてしまってごめんね。兄貴《あにき》を半殺しにしたから許《ゆる》して』

塾から帰ると、光からＬＩＮＥが来ていた。

「びっくりしたけど、おいしかったし楽しかったよ。お兄さんと仲良くしてね」と返事をする。

『松木のおばあちゃんに本当はなにを話そうと思っていたの？』

文字にして説明するのはめんどくさい。

だから「だいたい話せたよ」と返事をした。いまになると、話さなくてよかったという気がする。

ふて寝中にふと思ったのですよ。

わたしは人を慰《なぐさ》めるつもりでいて、本当は自分が慰めてほしかったんです。あなたはこの悲しみをわかってくれるのねって感謝されて、気持ちの通じる人がいることに自分が安心したかっただけで。

少ししてから思い直してメッセージを送った。

「小さい頃《ころ》、自分が持ってるのと同じお人形を他の人も持っていると初めてわかったとき、どう思ったか覚えてる？」

『？？？　人気なんだなーとか？』

質問《しつもん》の仕方が悪かったのか、光《ひかり》とわたしの感じ方がまったく違《ちが》うせいなのか、文字だけではわからない。

ホントにホントに大好きで、世界に一つだけだと思ってどこに行くにも連れて歩いた自分の分身のような子熊《こぐま》のぬいぐるみ。それが大量生産された安物の一つに過ぎなかったら？

ぼんやりと、記憶《きおく》に残ってる。小さいわたしは大切な熊をどこかに置き忘《わす》れてしまい、パニック状態《じょうたい》になっていた。泣き叫《さけ》んで、手に負えない。泣きつかれて寝《ね》てしまっても、目が覚めれば熊のことばかり。

そのとき、お母さんが迷子の熊を探《さが》し出《だ》してくれた。

ようやく落ち着いて、わたしは熊を抱《だ》いて寝たのだけど、時間がたつごとに、心がざわざわしてくるのだ。

この子は違《ちが》うって。

だけど、見た目はそっくり同じ。あの熊に間違いないはずなのに。

数日後、家族でお出かけしたときに、わたしの熊とそっくり同じぬいぐるみが店頭に山となって積みあげられているのを見た。

わたしだけの特別な熊ではなかったことと、熊のぬいぐるみも自分と同じように生きているようなつもりでいたことで、その情景は死体の山でも見たようにショッキングだったのだと思う。

急に熊のぬいぐるみが不気味なもののように思えてしまった。

お母さんに「この子はもういらない」と言ったら、とても驚《おどろ》いた顔と、戸惑《とまど》いが返ってきた。

いけないことを言ったの？　失敗したのかな。嫌《きら》われることをしてしまったかと不安になった。

でも、お母さんはにこっとしてくれた。

「最初の熊《くま》が見つからないから新しいのを買ったんだけど、月《つき》ちゃんには違《ちが》うのがわかっちゃったのね」

ううん、すり替《か》えられていたことはわかってなかった。

そのこともまたショックでしたよ。わたしの双子《ふたご》の片割《かたわ》れが別人だったどころかスペアが山ほど売れ残っている。どこかに置き忘《わす》れた子はそれっきり。そのことは、自分もスペアの山の一つに過ぎないかもしれない、あるきっかけで忘れ去られて置き替えられて初めから存在《そんざい》しなかった子になるのかもしれない、という恐怖《きょうふ》をわたしの心に刻《きざ》み付《つ》けたのですよ。

大切なものを失《な》くしたら、代わりはないんです。

地面を掘《ほ》ってみればわかるでしょう。一度開いた穴《あな》は「同じもの」で埋《う》め戻《もど》しても、穴だったことを隠《かく》せない。

元通りにはできないのだから、自分の悲しみは、自分で受け入れるしかない。

だんだん目立たなくなるまで、そっとしておいてくれませんか。

だれかが代わりに泣いてくれても、それはその人の涙《なみだ》だから、わたしの穴は埋められないですから。悲しみを代わってもらうことはできないんですよ。

でも、鈴理《すずり》のおばあちゃんには、帰ってこないロジャーの代わりのコーギー犬が必要なんだ。

天国のロジャーはいま、どんな気持ちでいるんだろう。

元の居場所をとられて泣いているだろうか。それとも、自分の代わりがすぐにおばあちゃんちに来てくれたら、ほっとするのだろうか。忘れないでと怒《おこ》っているかな。おばあちゃんは忘れてしまいたいのかな。ううん、忘れられるわけがない。新しいコーギー犬がいることで、おばあちゃんはロジャーを忘れず、両方を大切に思い続けることができるということだろうか。

わたしには鈴理のおばあちゃんの考えていることがわからない。自分はよくわかっていると思いこんでいたからおばあちゃんの悲しみを思って泣いてしまったこともあるのに……、いまはわからない。ようやく心から同調できる人を見つけたと思ったのに。

これでは、鈴理《すずり》を笑えない。わたしも、数えようによっては鈴理みたいな子の一人なのかもしれないし。他の人の目には区別がつかないのかもしれないし。

もう少し、鈴理のことを大切にしてみよう。親友にするつもりはないですけど、よく観察して友人にふさわしいか見極めたいと思います。

わたしの魂《たましい》の双子《ふたご》の片割《かたわ》れになるというのは、そう簡単《かんたん》ではないのですよ。スペアが山ほど、とは言いませんけど、光《ひかり》もいるし……。

あまり認《みと》めたくはないですけど、最近、よく泣くようになった割《わり》に、毎日が少し楽しいのですよね。

わたしの天使様

松木鈴理

彗《すい》様たちが今度の日曜にご友人の皆《みな》さまと水族館に出かける。

そんな情報を光さんがキャッチした。

彗様の思い人の夏海《なつみ》というモデルみたいにとびきり可愛《かわい》い女の子も一緒《いっしょ》らしい。

「きゃー、グループのデート？　高校生になったらしてみたーい。見たいなあ。こっそり見に行けないかな」

「松木《まつき》さんて、どんだけストーカー体質なの？」

「一緒に連れてってなんて言えないもん、こっそりついて行くしかないじゃん」

「だからその発想がさあ」

「みんなで行けば怖《こわ》くないよ」

「みんなって……わたし、日曜は午後から家族の用事があって、遠くまで出かけるのはむり」

と月《つき》ちゃんが言う。光《ひかり》さんも言う。

「水族館って入場料かかるし。兄貴《あにき》、また前借《まえが》りでお金をくれってお母さんに言って、叱《しか》られてたよ」

「そうか。電車代もかかるね」

来月はママとおばあちゃんのお誕生日《たんじょうび》があるから、お小遣《こづか》いをなるだけプレゼント費用に残しておきたい。プレゼントに手を抜《ぬ》くとママはすぐ文句を言うから。

諦《あきら》めかけたそのとき、月ちゃんが言った。

「水族館までついて行くのでなくて、出かけるところをそっと見るのはどう？　光のお兄さんたち、どこかで待ち合わせてから電車で行くんでしょう？」

「住んでる町が違《ちが》うから、たぶんどこかの駅で落ち合うんだと思う。って、月乃《つきの》が乗

ちゃ
り気になってどうするの」

「彗様《すい》をまだ見てないの、わたしだけだから、なんとなくどんな人か見てみたい。待ち合わせの場所で張《は》り込《こ》むってどう？」

「張り込みなんて、ドラマみたい！　楽しそう！」

「兄貴にばれたら困《こま》るよ。見に行くほど全然カッコよくないし」

「わからないように見て、すぐ解散するから。ね？」

月ちゃんは最後の「ね？」をわたしに言った。

「月ちゃんはほんと、優《やさ》しい。わたしのためにありがとう」

「えっと……まあね。他人事《ひとごと》で面白《おもしろ》いですから」


当日になって、予想外のことがおこった。

少し早めについたわたしたちは焦《あせ》っていた。

彗様たちの待ち合わせ場所が乗《の》り換《か》え駅のホームだったから。

「身を隠《かく》せるものがないよ。別の場所にできなかったの？」

「しょうがないでしょ、変えてって言うわけにいかないし。どこで待ち合わせるか聞きだすのだって大変だったし、兄貴《あにき》に感づかれないように先に家を出てくるのも大変だったんだから」

光《ひかり》さんは男の子みたいな変装《へんそう》をしてる。それが妙《みょう》に似合《にあ》っていて、制服のときより可愛《かわい》く見える。

「わたし今日から光さんのこと、名探偵《めいたんてい》って呼《よ》ぼうかな。少年探偵っぽいよ」

「演劇部《えんげきぶ》の先輩《せんぱい》に衣装《いしょう》を借りたの。兄貴はまだ月乃《つきの》の顔は知らないから、月乃が近づいて、スマホをスピーカーの通話にして会話の音を拾えばいいよ。わたしと松木《まつき》さんはとりあえず階段《かいだん》の脇《わき》に隠《かく》れて通話を聞いてるから。ホームに人が増えてきたら近くまで行く。どれが兄貴か教えるから、電話つないでおいて」

「光さん、頭いい。さすが彗《すい》様の妹。名探偵に決定だね」

「今はそんな話をしてる暇《ひま》はないでしょ。兄貴がもう来るよ。行こう松木さん」

引《ひ》っ張《ぱ》られてついていく。

「この付近に立ち止まらないでくださいって書いてあるよ、名探偵」

「いいから黙《だま》ってて。階段降《お》りてきた」

「わ、彗様登場。こっち見てくれないかな」

「シーッ」

名探偵はスマホで月《つき》ちゃんに特徴《とくちょう》を教える。

『それって、こっちに向かってくる少しビミョウな……独特の髪形《かみがた》の人？』

わかったみたい。彗様はオーラが違《ちが》うもの、ひと目でわかって当然だ。

彗様は月ちゃんのすぐ近くにいる女の人に「よう」と声を掛《か》けた。バンドでもやってるみたいなアッシュグレイのショートヘアの人。大人っぽく見えたから、まさか、その人が連れだとは思わなかった。

さっきの会話、聞かれてないよね？

『だるいことに付き合わせんなよ』

『今日はどこも怪我《けが》してない？　夏海《なつみ》が心配するからさー』

あまり音の状態《じょうたい》は良くないけど、会話を拾えている。

『お、山西《やまにし》ちゃんが来た。よう、おれもいま来たとこ』

彗様《すい》が少し手を挙《あ》げて合図した。わたしにもしてくれたらいいのに。

『来ないと思ってた』

『そっちも』

女の人が言うと山西《やまにし》ちゃんと呼《よ》ばれた人が答えた。後《うし》ろ姿《すがた》で表情はわからない。

『今日は二人のお別れ遠足だな』

『は？　夏海《なつみ》のためって言うから来たんだよ』

『ぼくたちのことをネタにするな。ホントのこと言うとそっちの人とはまだ顔を合わせる気にはなれないんだ。近藤《こんどう》と夏海のために来たんだ。心配かけたし』

『もっと怒《おこ》ってるかと思った』

『内心は怒りまくってるよ。怒り以上に中はズタズタだよ。でもぼくは外ヅラのいい爽《さわ》やか愛されキャラだから、それに徹《てっ》することにした』

『浮気《うわき》をすれば、もっとボコボコにされるかと思ったのに』

『愛がなくなれば、殴《なぐ》る理由がない』

『おい山西ちゃん、言ってること変だぞ。夏海と話していたんだが、加害者治療《ちりょう》の本を読むとか、カウンセリングでもうけてみたほうがいいぞ』

『そっちの人にも薦《すす》めたほうがいい。セックス依存症《いぞんしょう》の本とか』

ひゃ!!!

子どものわたしが使っちゃいけない言葉が急に出てきて、思わず悲鳴を上げてしまった。

想像以上に高校生は大人なのかも。

脇腹《わきばら》に光《ひかり》さん――名探偵《めいたんてい》のひじ打ち。

「あ……目があった?」

女の人がこっちを見た気がした。

『イマ彼《カレ》から聞いたんだけど、トラウマを受けた子どもが暴力行為《ぼうりょくこうい》を繰《く》り返《かえ》すマステリーって現象があるんだってさ。うち、臨床心理士《りんしょうしんりし》にでもなろうかな。で、近藤、階段《かいだん》の脇のところの……知り合いなの?』

『あれ。あそこにいるの、妹か。隣《となり》にいるのは松木《まつき》さんか? マジかよ。おい!』

彗様がこっちに声を掛《か》けた。

「ヤバ。バレた。逃《に》げよう！」

「えっ、えっ？」

階段《かいだん》を駆《か》け上《あ》がろうとして、降《お》りてきた人とぶつかりそうになった。

「きゃあ！　す、すみません！」

「夏海《なつみ》、そいつら捕《つか》まえて！」

彗《すい》様の声。

この人が夏海さん!?　この人が彗様の未来の花嫁《はなよめ》!?

『うわ、茶髪《ちゃぱつ》！　化粧《けしょう》濃くない？』

月《つき》ちゃんの素《す》のつぶやきが名探偵《めいたんてい》のスマホから漏《も》れた。

「あれっ、あなた、鈴理《すずり》たん？」

夏海さんと、走り寄ってきた彗様にはさまれる前に「こっち」と名探偵に手を引《ひ》っ張《ぱ》られた。

「月乃《つきの》も逃《に》げて！」

名探偵は月ちゃんのことも助けようと突《つ》っ込《こ》んでいった。アッシュグレイのショートヘアの人が月ちゃんに話しかけている。やっぱり、打ち合わせをしていたときに話を聞かれていたのだ。

「月ちゃん……あっ！　とっとっとっうわっ！」

わたしは点字ブロックにつまずいて、危《あや》ういところでバランスをとりながら体勢《たいせい》を整えようとして、ターンをするようなステップになって、その勢《いきお》いでホームの端《はし》に避《よ》けた人にぶつかってしまった……のに、そこにいるべき人の姿《すがた》がない。どこ？

「わあ！　山西《やまにし》ちゃんが線路に落ちた！」

「未莉亜《みりあ》、緊急《きんきゅう》停止ボタン！　だれか、早く！」

近くにいる人がみんなで山西ちゃんさんを引っ張り上げた。

「服が汚《よご》れた」

「服の心配してる場合か。怪我《けが》は」

「ない。いや……足をひねったかな」

「ごめんなさい！　本当にごめんなさい！」

「きみらの話はあとで妹に聴《き》くから。優先《ゆうせん》順位を考えてくれない？」

駆《か》けつけた駅の係員と一緒《いっしょ》に彗様《すい》たちは行ってしまった。

気が動転して、もう泣くしかない。

「どうしよう。どうしよう。わたし殺人鬼《さつじんき》になるところだった」

「事故《じこ》だよ、事故。ほんとびっくりしたね。すぐに引き上げてもらえてよかった」

「ごめん、わたしが彗様を見たいなんて言ったから……」

「月《つき》ちゃんのせいじゃないよ」

わたしたちはホームのベンチでしばらく泣いた。

何事か、と大人にじろじろ見られても、三人一緒《いっしょ》ならかまわない。

一番後に泣き止んだ月ちゃんがハンカチをしまったとき、わたしたちの前に女の人が立ち止まった。彗様の思い人の夏海《なつみ》さんだ。

「待っててくれたの？　山西《やまにし》は大丈夫《だいじょうぶ》そう。腫《は》れもないし。これあげる」

小袋《こぶくろ》入りのチョコクッキーを渡《わた》された。夏海さん、いい人だ。

「鈴理《すずり》たんに会うの、二度目なんだよ。覚えてないかもしれないけど」

覚えてなかった。

「近藤《こんどう》のこと、好きだったんだよね？」

「はい。あの……いまも好きです」

「会いたくて、会いたくて、ひと目、あの人に！　って気持ち？」

「えっと、まあ」

つけまつげ、見慣《みな》れてくると可愛《かわい》いな。髪《かみ》も芸能人みたい。

「そういう気持ち、いっぱい体験しておくといいよ。相手に迷惑《めいわく》をかけない範囲《はんい》で」

夏海さんはわたしたちのベンチの列の空《あ》いたところに座《すわ》った。

「願えばかなうと思ってた。願わないとかなわないから。あたしも中一のころは、先生のこと、本気で好きだった。『そんなのは恋《こい》じゃないよ』なんて言われたら、命がけで否定《ひてい》したと思う。そのくらい恋に純粋《じゅんすい》で、無知と無垢《むく》の違《ちが》いも知らないで、自分に疑《うたが》いがなかったような気がするんだよね……。だから、中学生の恋のパワーをみくびってはいけないんだよ、近藤！」

彗様がこちらに歩いてきていた。

「きみたちはなにをしたかったんだ？　覗《のぞ》きか」

「お兄ちゃんの好きな人が見たかっただけ」

「妹よ、ジェラCだね。ジェラシックパークだね」

「ごめん、友だちの前ではアホとは会話できない」

「彗《すい》様のお友だち、大丈夫《だいじょうぶ》でしたか。本当にごめんなさい！」

わたしは立って、頭を下げた。

「ああ、ひねったところも腫《は》れなかったし、歩けるって。これから予定通り水族館に行くわ。もうトイレからもどると思うけど」

服の汚《よご》れを気にしながら彗様のお友だちの山西《やまにし》ちゃんさんが現れた。後ろから未莉《みり》亜《あ》さんも、歩くのが面倒《めんどう》そうな感じでついてくる。

わたしは山西ちゃんさんに深々と頭を下げて謝った。光《ひかり》さんと月《つき》ちゃんも一緒《いっしょ》に謝ってくれた。

「驚《おどろ》いたけど、転落したのがきみじゃなくてよかったよ。ホームでは気を付けて」

山西ちゃんさんは爽《さわ》やかに言って、許《ゆる》してくれた。いい人だ。彗様のお友だちだから、みんないい人なんだ。

「ダサ。格好《かっこう》つけてると惚《ほ》れられるよ？　新しい服汚されて内心ぶっ飛ばしたいくせに」

　未莉亜さんがからかうように言うと、山西ちゃんさんはそちらには顔を向けないようにして言う。

「その人は大人っぽいわけじゃない。幼《おさな》すぎて人に関われない。自信がないから人を遠ざけて、支配の及《およ》ぶ範囲《はんい》の数人とだけ仲良くする。湯川夏海《ゆかわなつみ》とは親友だけど、我慢《がまん》して親友やってるんだって平気でぼくに話すやつ」

「やめて山西。わかってるよ、それぐらい。でも絶対にうちらは親友だから。恋《こい》する気持ちに模範《もはん》解答はないでしょう。親友だって、いろんな親友の関係があっていいじゃない。正解はひとつじゃないよ。山西だって友だちは必要だし、カッコよくてもカッコ悪い恋をするんだから、自分のしたこと考えなよ」

　未莉亜さんがまたからかうように言った。

「なに、お説教？　子どもが見てるよ」

　変なの。一緒に水族館に行くのに、仲、悪いのかな。未莉亜さんってだれの味方なの？

ていうか、子どもって、わたしたちのことか。

夏海《なつみ》さんは話の腰《こし》を折られて、少し困《こま》ったようだった。今度は彗様《すい》のほうに言った。

「近藤《こんどう》は、鈴理《すずり》たんにはっきり気持ちを言ってあげなよ」

わ、彗様がこっちを見た。

「泣かすなよ、モテ男」

と未莉亜《みりあ》さん。

「プレッシャーかけるなよ。ええと、松木《まつき》さん。手紙を貰《もら》えたときは嬉《うれ》しかったんだけど……そうだな、たぶん、出会うのが早すぎたんだなー。おれが大人で、きみも大人になっていたら、違《ちが》ったと思う。いまの自分には、どうにも……お付き合いはできません」

「この夏海さんってきれいな人と付き合うんですか？」

わたしが彗様に訊《き》くと夏海さんは即答《そくとう》した。

「それはない」

「じゃあ、大人になるまで待ちます。待ってます」

「そ、そういう意味じゃなくて……」

「いっぱい恋《こい》をして、男を知れってこと」

「未莉亜、過激《かげき》なこと教えないで」

「だれかさんは男を知るより恥《はじ》を知れ」

「やめて山西《やまにし》」

ホームに電車が入ってくるアナウンスに、彗様たちの気持ちが向いた。

「この電車で行かないと、イルカとクラゲとペンギンのショーがトリプルで見れなくなる」

彗様は光さんに言った。

「じゃあ行くから」

行ってしまう。

わたしの恋はここで終わるの？

そんなの嫌《いや》だよ。せっかく青春してたのに。親友だって増えたのに……。またつまらない毎日にもどるのなんて嫌《いや》だよ。

急いで新しい筋書《すじが》きを考えないと！

「ごめんね、お兄ちゃん。わたしからも話しておくけど、松木《まつき》さんはこういう子だから……」

「松木さん、妹をよろしく」

「は、はい！　よろしくされました」

騒音《そうおん》とともに電車が入ってくる。

そのとき、夏海《なつみ》さんの明るい色の髪《かみ》がふわーっと風にたなびいた。

あれ？　この感じって……。

わたしは思い出した。雨の中で天使に会ったこと。

「あの、前に、お会いしましたね。科学館で」

夏海さんは笑顔になった。なんて美しい。大きな目、くっきりとした眉《まゆ》。桜色《さくらいろ》の頰《ほお》、つやつやの唇《くちびる》、お姫様《ひめさま》みたいにゴージャスで綺麗《きれい》な髪。なんて完璧《かんぺき》なかわいらしさなんだろう。

「思い出した？」

「あなたが、雨に打たれて途方《とほう》に暮《く》れていたわたしを導いてくれた優《やさ》しい天使様の正体だったんですね！」

「……え？」

「あのときの天使様は、わたしの夢か妄想《もうそう》かと思ってたんです。夏海さん……夏海先《せん》輩《ぱい》だったんですね！　また会えるなんて嬉《うれ》しい！　あの、大好きです。わ、わたし、夏海先輩をご尊敬《そんけい》申し上げます!!」

「えっ、そんな大げさな」

一拍《いっぱく》置いて、山西《やまにし》ちゃんさんと末莉亜《みりあ》さんがぶははと笑い出した。

「そう来たか」

そして末莉亜さんが夏海さんの腕《うで》を車内に引《ひ》っ張《ぱ》った。

「ほら行くよ、夏海。面白《おもしろ》いものが見れてよかった。来たかいがあったわ」

「あのっ、わ、わたし、夏海先輩の弟子になりたいです！」

電車のドアが閉《し》まる。

ガラス越《ご》しに夏海先輩《なつみせんぱい》が口をパクパクさせて両手でバツ印を作ったのを、未莉亜《みりあ》さんが無理やり丸印に変えようとしている。

お見送りの方は黄色い線の内側に下がってください、と駅員さんがマイクで言っている。

わたしは月《つき》ちゃんに手を引かれて、数歩後ろに下がる。

電車は走り出した。

風がふわーとホームに残ったわたしたち三人をなでていった。

「行っちゃったね」

「夏海先輩、ステキ過ぎる。なんかいいな、高校生って……」

わたしがあこがれのため息をつくと、月ちゃんはいつもの大人びた口調で言った。

「中学生だって、なかなかのものですよ、きっと」

あとがき

　こんにちは、梨屋アリエです。はじめましてのかた、お久しぶりのかた、毎度おなじみのかた、こうして本のあとがきの中でお会いできて、とても嬉《うれ》しいです。ここを読んでくださって、ありがとう！

　この本は『きみスキ～高校生たちのショートストーリーズ』というお話に登場する７人の高校生たちのその後に、新しく中学生３人が加わったお話になっています。今回もイラストレーターのゆうこさんに素敵な装画を描いていただきました。この本から読み始めても話の流れがわかるようにしてありますが、お時間がありましたらぜひ前作から読んでみてください。

さて、中身を読まずにこの本のタイトルだけ見ると、冷たい話なのかなあと誤解《ごかい》する人がいるかもしれないので、なぜ『きみのためにはだれも泣かない』という書名にしたのか書いておきます。

自分の感情と向き合うのは、一人の人間として生きるときにとても大事なことだと思っています。だけど、周囲の人との関係を大事にし過ぎるあまり、相手が不快感をもつような感情を表さないように先回りして、幼《おさな》いうちからまるで心を封印《ふういん》したかのように生活している人がいることを、わたしはとても心配しています。悲しみや怒《いか》りを感じている自分の心に気づかなかったら、それはなかったことになるのでしょうか。自分の心の声を聴《き》くのを自分でやめて無視《むし》を決め込んでしまったら、だれが自分のことをわかってやれるでしょうか。どうして受け止めてくれなかったの？　と、知らず知らずに不満の塊《かたまり》が心の底にたまって、ますます硬直《こうちょく》した重たい心になっていきそうです。重い荷物を抱《かか》えていたら、友だちや大切な人が困《こま》っているときに手を貸す余《よ》裕《ゆう》がなくなってしまいそう。

もちろん、そのときの状況《じょうきょう》や役割《やくわり》によっては自分を抑《おさ》えて我慢《がまん》しなくてはならないことがわたしたちの生活にはたくさんあります。「我慢《がまん》している」と知っておくことこそが、大事だと思うのです。そして我慢できた自分に、偉《えら》いねって声を掛《か》けてあげたらいいんです。そういう時間を持っていますか？　自分を大切にするっていうのは、「理想的な自分に近づきたいと思ってもそうなれない自分」のことも自分の一部として大切にできることだと思うのです。自分の心の動きを感じ取れることは、だれかの心を思いやる力にも他人のために心を動かせるやさしさにもつながるんじゃないのかな。人を大切にできる人は、自分のこともちょうどよく大切にできる人なんだろうな。悲しかったりさみしかったり苦しかったりしたときに、だれかが代わりに泣いてナカッタコトにしてくれるわけではないのですから。そんな意味を込めて、逆説的《ぎゃくせつてき》ではありますが『きみのためにはだれも泣かない』というタイトルをつけました。

　だれかの行動がだれかに少しの影響《えいきょう》を与《あた》え、そのことでまたほかのだれかの気持ちが動いていく。そんな淡《あわ》い関わり方に憧《あこが》れています。それぞれに事情があり、良くも悪くも変わった部分があり、わかりあえない摩擦《まさつ》もあるけれど、知らず知らずに尊重《そんちょう》しあっていて、ほんわかした交流があって、この教室にいていいんだな、この学校にはいい子がいるな、って言葉で確認《かくにん》しなくてもなんとなく感じていられるような、そういうクラスに……いたかったなあ。

　前作『きみスキ』の出版直後に、渋谷《しぶや》の街からいわゆる「ギャル」がいなくなり、ギャル雑誌が廃刊《はいかん》し、作中の夏海《なつみ》があこがれていたギャルという言葉がめっきり使われなくなりました。続きをどんなふうに書こうかなーと考えているあいだに、物語の時間と、前作からの作者のいる世界の時間の流れ方がかなり違《ちが》ってしまったのでした。続編《ぞくへん》を書くにあたって表現を変えるか迷いましたが、違う言葉に置《お》き換《か》えると夏海が夏海ではなくなってしまうような気がしたのでそのままにしました。というわけで、ギャルに憧れる等の時代感覚の多少の違いは、作者がトシだから感覚が古いとか言わずに（！）、大変お手数をおかけしますが読者さんの頭の中で柔軟《じゅうなん》に各自で今風のものに修正して下さいますよう何卒宜《なにとぞよろ》しくお願い申し上げます。

　でも、いつの時代でも中学一年生は中学一年生なりに、高校一年生は高校一年生なりに、その人にとっては日々新しい人生を歩んでいるのは間違いないことです。若《わか》い読者様には、この本の登場人物と一緒《いっしょ》にさまざまな気持ちを体験してもらいたいです。

そして、どの場面でどう感じたか、だれの言葉やふるまいが気になったのか、作者にこっそり教えてください。だって、わたしはこの本を読んでくれた読者さんの気持ちを知りたいのです。今回のタイトル、どう思います？　ギャル以外で夏海《なつみ》に合う言葉ってありますか？　似ている子はいましたか？　ほかにどんな本が好きですか？

というわけで、読者様からの編集局気付のお手紙をお待ちしております。

（お手紙をくださる方へ。ついでと言ってはなんですが、十代の読者のための teens' best selections を刊行し続けているポプラ社の社員さんたちにも、励《はげ》みになるメッセージをなにか一言書いてもらえるといいなあ……。お話を考えて書くのは作家の仕事ですが、本の形にして世に出すのは出版社のお仕事で、たくさんの人が関わって本ができています。作品ごとに工夫のきいた美しい装丁《そうてい》で、一般文芸書より控《ひか》えめな価《か》格帯《かくたい》で、ハードカバーで学校の図書館にも置きやすい teens' best selections にこれからも頑張《がんば》ってほしいので、読者様に応援《おうえん》のお願いです。）

ではでは、また別の本のあとがきでお会いできますように。

梨屋アリエ

二〇一六年十一月

梨屋アリエ（なしや　ありえ）

栃木県生まれ。神奈川県在住。『でりばりぃ Age』で第39回講談社児童文学新人賞、『ピアニッシシモ』で第33回日本児童文芸家協会新人賞を受賞。著書に、『プラネタリウム』『プラネタリウムのあとで』『スリースターズ』『シャボン玉同盟』『わらうきいろオニ』（以上、講談社）、『空色の地図』（金の星社）、『ココロ屋』（文研出版）、『夏の階段』『スノウ・ティアーズ』（以上、ポプラ文庫ピュアフル）、『きみスキ　高校生たちのショートストーリーズ』（ポプラ社）などがある。

この作品は書き下ろしです。

teens' best selections 42

きみのためにはだれも泣《な》かない

発　行　2016年12月 第1刷
　　　　2020年 2月 第4刷

著　者　梨屋アリエ
発行者　千葉 均
編　集　門田奈穂子
発行所　株式会社 ポプラ社
〒102-8519　東京都千代田区麹町4-2-6
電話［編集］03-5877-8108
　　［営業］03-5877-8109
ホームページ　www.poplar.co.jp

印刷・製本　中央精版印刷株式会社

ISBN978-4-591-15266-9　N.D.C.913　271p　20cm

P8001042